続

# 民社育ちで、日本が好き

## 父の厳命、母の杞憂

寺井融
Terai Tooru

展転社

目次

# 続民社育ちで、日本が好き——父の厳命、母の杞憂——

## 第Ⅰ部　父の厳命（げんめい）

# 第Ⅰ部

# 父の厳命（げんめい）

# 父の厳命

中学生のころ、父が札幌から紋別へ単身赴任となった。「手紙を書いてよこせ」と厳命される。渋々したため、何通か出した。そのたびに朱が入れられて戻ってくる。「辞書を引くように」との添え書きもされてあった。

大学に入る。父が池袋の下宿にやってきた。「同人誌評でいつもほめられる奴がいる。彼は本当にうまい。自分はエッセイかコラムを書いて行くよ」と伝えた。「それがいい。書き続けることさ。いろいろな経験して六十過ぎたら、いいものを書けるようになるかもしれないな」といわれた。その父は『馬酔日』に投句したり、「道民歌」の作詞部門に応募したりと書くのが好き。でも、長続きをしている様子はみられなかった。仕事が忙しかったためであろう。老後の楽しみであったのかもしれない。

当方は、民社党本部に入った。花形の政策や組織部門ではなく、広報を担当する。そこに適性があるとみられていたのかもしれない。あるとき労働組合の本部職員から「寺井さんって、教宣（教育宣伝）や機関紙をやっていらっしゃいますけど、エリートなんですってね」といわれ、どう答えてよいのやら戸惑ったものだ。

政治関係から新聞記者となり、評論紙の編集長も務めた。大学で「文章表現論」を教えたりもした。いわば作文の先生である。社会人となっても、ずっと書き続けてきたのだ。しかし、「六十を過ぎたら、いいもの」のご託宣は、当たっていない。

教えるといっても、我流である。誰かに教わったわけではない。カルチャーセンターに入ろうと考えた。編集者のとき寄稿してもらったこともある木村治美先生に、ご指導を仰ごうと受講を希望した。しかし、事務局に「定員オーバーです」といわれる。いたしかたがない。当方より十一歳若く、清楚で美人、故郷が同じ北海道の山本ふみこ先生のエッセイ教室を選んだ。申し訳ないことだが、先生の作品は、それまで一つも読んでいなかった。

――しかしこの選択は正しかった。そう断言できる。

課題を提出すると、青字が入って戻ってくる。「『いつもどうして』より、『どうしていつも』のほうがよいのでは」とか、「『お願いする』とあるが、『引き受けてもらう』と書いたほうがふさわしい」とか、具体的で腑に落ちる。添削紙に「ｇｏｏｄ　ｇｏｏｄ」と書かれてあったりすると本当に嬉しい。授業の終わりに次の課題が告げられる。帰りの電車で反芻し、早目に寝る。翌早朝、一気に書き上げ、以後、パソコンを立ち上げるたびに見直す。

にもかかわらず何度も推敲した拙稿は、添削で木っ端微塵となる。小気味がよい。マゾなのかな。――否、的確であったからであろう。

いま、大分の孫に「便りを寄こせ」といおうか、迷っている。甘いジイジに厳命など、できるわけがないか。こちらから、ご機嫌伺いの文でも出すつもりだ……。

## 「素敵な声」

「声優」という職業がある。外国人やアニメ登場人物（場合によっては動物）などの声を担当する役で、たいていは映画俳優や劇団員などプロの演劇者が務めている。

若いころ、一度だけ、それをやらされた。十分間のコマーシャル・フィルムで、学生役で発言せよ、と業務命令が出たのである。台本はあり、六本木のスタジオに連れて行かれた。台詞は「それは学生にとっても、ありがたいことですね」だったであろうか。出演は、その一言である。「もっと感情をこめて。早口にならないように」とか、「それでは駄目。感情のこめ過ぎだ。もう少しさらっと」とか、叱咤が飛んだ。

十数回も、テストを繰り返される。一緒に行った主婦やサラリーマン役は、一回でＯＫである。こちらへの注文は厳しく、冷や汗ものでした。

そうではあったが、後に懲りもせず、友人に頼まれ、地方ラジオ局向けの録音番組に出たことがある。インタビューされるのであり、これは楽だった。三十分間、キャスターに促されて、ただただ喋る。茨城や山梨など、全国四局での放送だという。誰も聞いている知り合いなどいないだろうな、と思っていた。

ところが、何年も会っていなかった旅行仲間の佐復正雄さんから「ハイキングをしていたら、ラジオからいきなり寺井さんの声が飛びこんできてさ、ビックリしたなあ」と電話がかかってきた。「お耳汚しだったでしょう」と答えたら、「いや、素敵な声でしたよ。よく通るし（〝とおる〟という名前ですもの）」だって。お世辞と判っていても嬉しい。

声は褒められたものの、内容についての反応はなかった。ミャンマーについて話したんだけどなあ——。その肝腎の中身だが、「寺井という男がラジオでミャンマーの軍事政権を賛美した」とネット上で叩かれた。決して政権を賛美したつもりはない。しかし、「アウンサンスーチー女史は、民主化をいうだけで経済政策などは持っていない」と指摘したことは間違いない（これは現在も同じ意見だ）。それが投稿者の気にさわったのであろう。

それはさておき、「声」である。

かつて私は、二つの大学で教えていた。学期末に学生アンケート調査があり、毎年、決まって出てくる反応は、「先生の声が大きくて嫌だった」というやつである。それを気にして、小さな声で授業をしたら、後ろの席は確実に聞こえないであろう。

いや、そのほうがよかったのかな。ゆっくり眠れるし……。

日頃、私は「授業中に眠るのは許します。つまらない授業をしている当方が悪いのだからいたしかたありません。ただし私語は厳禁ですよ。真面目に授業を聞いている人の〝授業を受ける権利〟を侵しますし、当方の〝授業する権利〟も、妨害することになるので」といっていた。いままで、「大きな声」で得をしたことはない。

## ど下手の〝運痴〟

イテッ。

大きな声が上がった。飛び箱周辺からである。S君が飛びそこね、足を怪我したのだ。急ぎ、体育の授業が中止となった。高校二年のことである。

病院に運びこまれた彼を心配するよりも、「助かったな」が実感である。器械体操は、まったくの苦手であった。いや、体育系全般が、実は得意ではない。いわゆる運痴（運動音痴）なのである。

あれは小学校一年生の運動会のことだ。母はバレーボール、父はフィギュアスケートとテニスを愛するスポーツ愛好夫婦である。息子の晴れ姿をみるためグランドにやってきた。

「ああ、走っている、走っている」

「あらっ、いちばんよ」

さすが吾らの子だ、と一瞬、二人は思ったらしい。しかし、真相は……。

当方はダントツのビリ。次の組のトップに迫られていたのだ。遅いのはあなたの遺伝子のせいだ、いや君の家の系列ではないのかと、両親は罪のなすりあいをしたようだ。私は道東の小清水にいた幼児のころ、ビタミンDが足りなくて〝くる病〟に罹っている。そのため、ということで、落ち着いたらしい。夕食のとき、父に「トオルはな、どうやら短距離より長距離走向きだな、大きくなったらマラソンをやったらいいよ」といわれた。

その後も、徒競走はいつも最下位。いや、二人三脚と、途中で算数問題を解く計算競争のときだけは、三位入賞を果たしている。二人三脚の相棒は、ゴールを果たしてもニコリともせず、ふくれっ面であった。

その〝運痴〟も大人となって、西阪透君に「スケートに行かないか」と誘われた。「いや、行かないよ。俺、札幌育ちだけど、それっ、苦手なんだ」と断った。しかし、深夜バス旅行で若い女性たちも一緒と聞いたとたん、方針を転換し、出かけることにした。

朝、富士急ハイランドに着く。

彼はスピードスケート、当方はフィギュアスケートを借りる。なんだか、友はおそるおそる滑っている。「しばらくぶりだからさ」なんて言い訳をする。そこで、競争を提案してみた。五十メートルぐらいであったか。ヨーイドン。とにかく滑り走った。

そうしたら、スピードスケートにフィギュアが勝ってしまった。「赤ん坊のときから滑っている、蝦夷っ子には、かなわないよな」と白旗をあげていた。

そこで分かった。江戸っ子の〝ウィンタースポーツが好き〟なんて、所詮、一部の選手級を除いて、たいしたことはない、札幌のど下手の〝運痴〟でも、対抗できると……。

しかし、二度と競争はしていない。

## 揺れる、激しく揺れる

「下関の唐戸市場はよかったですね。買った魚を、隣の定食屋で捌いてもらって」

「釜石の橋上市場も捨てがたいな。注文したら、女主人が、すぐそばの魚屋に買いに行ってくれて、刺身や煮つけを作ってもらったね。うまかったなあ」

「そうですよねえ。市場より漁港の宿に泊るのもいいということですね」

郡山貴三カメラマンと毎月、旅に出ていた。あれは四十年近く前、早春のころ。

「揺れる。激しく揺れる。スーッと下降したとたん、フッと上昇する。横揺れもすさまじい。アイス・バーンに突っ込んだ軽自動車のようだ。YS11は、対馬に向かっている……。ジェットコースターとティーカップに合わせ乗っている気分なのだ。眼下に広がる玄界灘も、白浪が立っていて不気味」

月刊誌『革新』に、こう記している。福岡からNKA（日本近距離航空）で三十分だった。

対馬の中心地・厳原は、宗十万石の城下町。武家屋敷に塩問屋や醤油工場、それに旧茶屋町までもあって、見所は多い。ただし、観光客が少なく（当時）、いまにも健さん演じる花田秀次郎（昭和残侠伝）が、抜き身の日本刀を一本ひっさげて、路地からぬぅっとあらわれてくるような町だった。

泊りは、網元の民宿とする。夕食が寒ブリとキャベツとシイタケがたっぷりの石焼き、平目の刺身が大皿いっぱい、大ぶりなサザエが一人二個、ナマコの酢の物、貝のたきこみご飯と吸い物である。男二人では、食べきれなかった。

翌朝である。定置網を上げると聞く。漁船に同乗させてもらった。一時間ほどの作業を見学して宿に戻り、とれ立てイカとアジを地酒のあてにして、キューッと一杯である。刺身は硬直気味だったんですけどね、結構なお味でした。締めは地玉子の玉子かけご飯です。味噌汁と糠漬けもつく。全部、網元の奥さんの手作りだ。そのうまいことといったら……。ほろ酔いかげんで、東京へ。帰りの飛行便は、揺れなかった。

後日談がある。月刊誌が発行されて、二週間ぐらい経ったあたりか、見知らぬ若そうな女性から、編集部に電話があった。某大企業の秘書課勤務と名乗る。

「お仕事中、突然、お電話をして、誠に申し訳ありません。網元の民宿さん、差し支えがなかったら、お名前とお電話番号を教えていただけませんか」

GWに行きたい、という。もちろん、お教えした。

その連休明けに、再度、彼女から電話があった。

「行ってまいりました。本当においしかったですね。それに親切な方たちで」

御礼をいわれた。この秘書嬢、きっと美人で聡明、清楚な女性だったんだろうなあ。そう思った。ただ、縁はそれまで。件（くだん）の民宿の名前も、いまは忘れた。

## トオルという名前が

民社党本部が解散するとき、肩書きは「総務委員会事務統括兼総務局局次長兼団体渉外局局次長」という、いかにも偉そうないかがわしいものだった。実はこれ、自分でつけた。副委員長でもあった西村章三総務局長から、「人事案を考えろ」といわれたのは、前の年のことか。大胆な改革をやろうということになり、各局・委員会を束ねる形で総務、組織、広報、政策、国会の五委員会を発足させた。そして、委員長、局長、副局長という役員職のほか、職員には事務統括、局次長、局次長代理、部長のポストを割り当てた。政治は、ある意味ではったりの世界でもある。とはいえ、小党であったのに大仰なものだ。

人事配置の「素案」を作るにしても、まず困ったのは、ポストはあれども人材が足りないこと。A氏を広報にするとしたら、B氏は組織となるのか。少ないカードをどう組み合わせてみても、兼任を設けたりしても、うまく行かない。不満も出るだろうなあ。

そう思案したあげく、自分のポストを最後の空いたところにする方針を固める。適材適所を旨として、各自に役職をあてはめた。当方は、機関紙誌の編集や広報宣伝部門の担当が長い。広報屋をやりたかった。しかし、そこには他の適任者がいる。

西村副委員長には、かつて「生活先進国キャンペーン」の事務局長をやったとき、「君に任せるよ。一千万円までなら自由に使ってくれ」とサインが入った、内訳が書かれていない白の「赤起案書」をもらい、経理にも話をつけておいていただいた経緯がある。

五万円以上支出する際、あらかじめ起案書を出し、想定金額も書き入れて、当該局長、総務局長のサインをもらう決まりがあった。「青起案」は既に予算に計上されていた案件である。これは、まだいい。「赤起案」は新規の案件でもあり、こちらはなかなか通りにくい。それがフリーパスである。本当に助かった。だからして、たとえ不本意であったとしても、総務で支えなければならないのかな、と事前に悟ってはいたのだが……。

人事の発表があると、縄のれんは賑わう。

「いやあ、驚いた。てっきり君が広報だと思っていたけどな」

「ええ、そうですよね。実は自分でも、そう思っておりました」

先輩の指摘に頷きながら、シレッと答えた。「素案」は自分が作った、とおくびにも出してはいけない。その先輩に「君の起案は、どうしていつも通るんだ。ちょっと見せてくれ」といわれたこともある。当方は、「ご苦労さん会」など、飲食に公費を使わない。「日頃の信用ですよ」といいたかった。でも、「文章は要点にとどめ、箇条書きを使うことですかねえ。それにトオルという名前ですから……」と笑って、煙に巻いた。

## 「郡人」です

生まれは、北海道斜里郡小清水町である。原生花園で有名な農業の町。というより、知床の根元にあたるといったほうがよいか。二歳まで過ごしただけで、覚えてはいない。現在は川越芋（富芋）の産地、埼玉県入間郡三芳町に住んでいる。終の棲家にしたつもりはまったくない。しかし、多分この地で死ぬのであろう。

大正生まれの母が、都心で女学校（樺太の豊原高女）のクラス会があった。同級生から「遠くからたいへんよねえ。なんなら家に泊まって行きませんか」と誘われたそうな。「ありがとうございます。でもね、池袋から東上線で三十分だし、駅から歩いて九分なので」と断わったと聞く。〝入間郡〟とあったので、先方は秩父のあたりと勘違いしていたらしい。隣町が志木と所沢と分かれば、きっとイメージが変わってくるんだろうなあ。

私は、五十二歳で新聞社に入った。庶務係の女性がやってきて〝住所録〟を作りたいという。〝入間郡〟と答えると「遠いんでしょうねえ。しかし、一戸建てでしたら庭いじりの楽しみもあるでしょうから」と慰めてくれた。「いや、違うよ。マンションという名の集合住宅だ。昭和に作られた長屋さ」と答える。

前歴が〝政治関係〟と聞いていたので、お金があると思っていたらしい。それが民社党と知り、なお、自民党と似たり寄ったりだからカネがある、と決めつけられていたのである（これが共産党だったら、そうは思われなかった？）。

いま、旧民社の同僚と会おうとすると、なかなか骨だ。埼玉や千葉、東京でも多摩の奥に住んでいて、交通費が馬鹿にならない。お互い二、三の用件をまとめて会おうとする。「民社党本部では、国家公務員の中級職を基準に、給与が出ていましたよ」「ホゥ」と相手は反応する。あの公務員並みなら、まずまずの待遇ではないか、と顔に書いてある（退職金は民社のほうが低い。でも出ただけ、マシともいえる）。

だが、違う。政治をやっていると、冠婚葬祭の数が圧倒的に多くなる。付き合いが商売なのだ。貧乏政党だったから交際費が出ない。全部、自腹である。それに官舎や生協、職員食堂の類いが完備されているわけではない。

清瀬市（東京都）に住んでいたとき、長男が通う幼稚園から呼び出しがあった。「市から通園補助金が出ます。申請手続きをして下さい」といわれたとのこと。〝充実福祉〟が自慢の市らしいと感謝しつつ、やり過ぎではないかとも思った（辞退はしなかったが）。

いま、転居を考えている。散策に出かけても、武蔵野の芋畑では詰まらないし、そうかといって電車も使いたくはない。都民となれば、「高齢者パス」を使える年齢なのである。

# イラワジ河下り

ミャンマー旅行のベストシーズンは、乾季の十一月から二月といわれているが、お薦めは八月だ。雨季の真っただ中だが、一日中、雨が降っているわけではない。

その八月末、王都マンダレーから、世界三大仏教遺跡のバガンまで、イラワジ河を下ることにした。両都の間は名古屋・大阪間ぐらい。飛行機で三十分足らず。車でも五時間ぐらいで行ける。それが船だと十二時間以上かかる。

朝五時半、百四十トンのビンロー丸は、マンダレーを出た。すぐ右手にサガインヒィルが見える。黄金のパコダ（仏塔）群だ。太陽があたって金色に輝き、川面に映る。乗船していた外国人が〝ウァー〟と騒ぐ。地元客は厳かに拝んでいる。

エコノミークラスは半ドルで、デッキチェアのアッパークラスは十一ドルであった。当方は使いやすさで、三十三ドルの個室をとった（一九九五年当時）。二畳ほどの小部屋で、ベッドが部屋のほとんどを占めており、河の景色に見あきると、そこでゴロンとする。先は長い。

途中、何ヵ所か、船は岸に寄せられた。下りる客がいる。米袋や野菜類、バナナの籠なども下ろされる。逆に自転車を押しながらの客が、乗ってきたりもする。

下の階に売店があった。「ティー・プリーズ」といって茶を注文する。大きな鉄鍋で沸かされた湯に大量の茶葉が入れられ、それをすくい、練乳がたっぷり入ったカップに注いでくれる。本格的なミルクティーである。身体の芯からあたたまり、ホッとする。「河の水を沸かしていたのかもしれないぞ」と同行の友は冷やかすが、そんなことは気にしない。

上階の船尾にある展望ルームに行く。部屋に私が一人、デッキチェアに腰を下ろす。去りゆく大河の流れが物思いにぴったりである。

そこに身長百九十センチは超える大柄な中年白人と、百五十センチに満たない若い東洋人女性がやってきた。ご主人と秘書、いや愛人、それとも令夫人か。関係は判らない。カップルは手をからめあって入ってきて、隣合わせの籐の椅子に座る。小声の英語で話していた。

突然の雨。沛然と降りそそぐ、それに合わせるように、二人の声が大きくなって行った。

「○×○×○」

「△▼△▼△」

男の言葉はフランス語であったか、女はたしかタイ語であった筈。よく聞き取れない。たとえ聞き取れたとして、当方は両語とも、まったく判らない。でも……。

ものの十分で、雨の音が止んだ。太陽が照り出す。外界の静けさに合わせるように二人の声が小さくなって行き、フフフと、ふくみ笑いも聞こえてくる。今度は、女性が男の腰にまとわりつき、笑顔で出て行った。甲板のデッキか、それとも、あの個室に戻るのか？

天気も、男女の仲も、実に変わりやすいのである。

# 墓友達

春分の日、妻と墓参りに行った。父の墓は所沢市の小高い山の中腹にある。眼下に、東京都のはずれの住宅街が広がって見える。墓参りのあと、それらを見ていると心地がよい。昼食は、そこから十分ほど歩いた手打ちそば屋「のなか」と決めている。天婦羅もおいしく、そこでビールを一杯やるのが、ささやかな楽しみであった。しかし、お彼岸は混む。少し早めに入って座った。その献杯の前、お茶をすすり出したときのことである。

「アラッ、寺井さん」

声がかかった。振り向いてみると、大学時代からの友人、一年後輩の柳澤信一郎君が立っていた。民社学同（旧民社党系）の仲間であり、いまは同じＮＰＯ法人で、ミャンマー支援に取り組んでいる。その彼が、九十ウン歳のご母堂と一緒だった。ご尊父の墓参の帰りだという。当方と妻は、同居する九十ウン歳のわが母（奇しくも柳澤君のご母堂と同じ年生まれ）の代参でもある。彼とは、いまでも数カ月に一遍は会う仲で、翌週も会うことになっていた。学生時代、「杉並の自宅に帰るのには、遅くなってしまいましたので、泊めていただけませんか」と、不意に当方の下宿にやって来たこともある。最近でも、友人たちと拙宅で鍋を囲んだ。あらかた半世紀に及ぶ付き合いなのだ。実は信一郎君のお父上・柳澤錬三さんは、「昭和の日」を提唱した元参議院議員（旧民社党）で、よく知っている。

「何という霊園なの？」

「多摩湖霊園でして……」

これには、驚いた。当方の墓所と同じである。それも、十メートルほど離れているだけの隣組だと分かった。長い付き合いだが、墓について話しあったことはない。次回から自分のところに参ったあと、〝ついで〟といってはなんだが、続けての参拝ができる。それに、二人とも長男だから、現存の墓に入る可能性は高い。

「じゃあ、自分が先に死んだら、よろしく頼むよ」

「こちらこそ。私が、先に逝くかもしれませんからね」

変な話になってきた。いずれにせよ、友達が近くに住んでいる感じで、少し気持ちが楽になってくる。子供たちが、必ずしも墓参するとは限らない。

柳澤君の墓が近いと、共通の友人であるM君に話した。

「羨ましいよな、死んでも同志か。ところで君の奥さん、一緒の墓に入ってくれる？」

「入ると思うけどさ……」。本当は自信がない。〝そんなこと聞くなよ〟ともいいたかった。

Mは中年離婚組である。そう、いえるわけがない。どういうわけか、当方も彼も、妻（Mの場合は元妻）が、自分よりも長生きすると決めこんでいる。たしかに、わが妻は私より三年二カ月若い。でも、それは判らない。

# 河豚（ふぐ）と鰯（いわし）

八王子で学生セミナーがあって、女子大生と知り合った。彼女は当時、関西の名門大学四回生（四年生の意）である。セミナーのテーマは「日本の安全保障」だった。二人とも「重武装自立論」を主張し、意気投合した。「終わったら、すぐ帰るの？」と問うと、「友達のところに泊めてもらってね、本を探すの」が答え。早速、ガイド役を申し出た。

翌日、神田の古本屋街を案内したり、池袋のなじみ店で江戸前寿司を振舞ったりする。着ていた水玉のワンピースは「自分で縫ったの」といっていた。大企業役員の次女だった。彼女が帰阪して一週間が経った。寝ても覚めても、「会いたい」が襲ってくる。

友から一万円借りた。東名から名神を走る夜行高速バスに乗る。朝、大阪難波。駅で公衆電話をかけたら、「エッ、本当に来たの」と驚きつつ、すぐに出てきてくれた。京都の比叡山に行き、夕食は心斎橋でとる。「なんでもいいんだよ」といっておいたのだが、「せっかく来たんだから」と、河豚を出すカウンター割烹に連れて行かれた。

実は当方、父に有楽町で「ここらは新聞社が多いだろう。この店は安いんだ」と、白子焼もついた河豚コースを食べさせてもらった経験が、一度だけはある。

カウンターで「河豚は下関だね」と口走り、店の大将にジロッと睨まれた。「明石の虎（河豚）が、一番やな」といわれる。事実、そこのテッサ（刺身）も、テッチリ（鍋）も、すこぶるつきの美味だった。勘定は「この前、東京でご馳走になったし、わざわざ来てくれたんだから」と払ってくれた。卒業後、どうするかの話もした筈。でも、こちらは一浪していたため、同じ年だが三年生。覚えてはいない。

一カ月後、彼女から手紙が来た。「あなたの変化を恐れずに留学してきます」と書かれてあり、間もなく飛び立って行った。その海外の下宿先に、エアメールを出す。少なくても五通は送った。だが、まったく返事がこなかった。

八、九年後であったか、彼女が東京で仕事に就いていることが判った。呼び出して銀座の「いわしや」に行く。江戸の飲み屋をめざした店づくりで、剥き出しのコンクリートの床と、木の椅子が印象的であった。塩焼きも煮付けも刺身もヌタも、素材は新鮮な鰯である。何もかもが美味しく酒も進み、気が許したのであろう、つい「なんで、返事をくれなかったの」と詰るような物言いをしてしまった。「読んだらね、日本に帰りたくなるでしょ」とかわされ、小さな声で「結婚していたくせに」とかすかな笑み。涙はなかったが、それだけに咎められた気がした。当方には既に妻がいて二人目の子供がもうすぐ生まれる。

先方は「一人だわ」と呟いた。しばしの沈黙。ただ、店の喧騒がありがたかった。

あれから四十五、六年となる。もし、また会ったとしたなら、北海道の蟹三昧か京都の鱧料理を食べるつもりだ。現住所を知ってはいるが、年賀状は交換していない。

## 意見した男

民社でも新進党でも、主に広報を担当した。厄介なのは、ポスター制作である。政治家は自分のポスターに関心が高く、党のポスターにも、「写真が暗い」とか、「もっと気が利いた言葉を」といった注文をつける。ただ、センスがいいとは限らない。

民社党時代、当方が好きだったコピーは「勇気あるイエス、勇気あるノー」や「本当はみんな少し変えたいと思っている」。だが、党幹部らに人気は「民社が伸びれば日本はよくなる」や「正直者が損してたまるか」といった主観的なものであった。

そこで、一般から「最優秀作一点・賞金百万円、プロ・アマ問わず」のコピー募集を提案。反対に遭い、「優秀作十点・賞金各十万円、参加資格はアマのみ」となってしまった。しかも「コピーって複写機のことを指すの?」の疑問が広報局長(代議士)から寄せられる。るる説明すると「あっそうか。選挙スローガンのことか」と理解してもらった。

役員らの反対で、「公募」を流れさせてもいけない。結局、「キャッチフレーズ募集」で決着させた。世は糸井重里氏の「萬流コピー塾」が、話題となっていた。

でも、葉書による応募が順調にあり、六千通余の中から「汗と税、ムダにしません、民社党」ほかを選んだ。これは気に入っている。「ポスターの文字の色がすっきりしていないね」と某代議士にいわれ、「企業ポスターは特色といって、その文字だけに特別インクを使うのですよ。うちは三原色の掛け合わせだけで色を出しているので……。お金をかければ幾らでもいい色になりますよ」と答えたことがある。ただし、雨にあたっても色落ちがしないユポ紙でのポスター印刷は、価格は高かったが他党より一足早く取り入れた。

話は替わる。

新進党でのこと、結党しても党ポスターの制作許可が下りない。江田五月広報企画委員長（後に参院議長）とともに、小沢一郎幹事長に陳情に行った。

「キミ、そんなことというけどね、自民党時代、党のポスターなんて、送られてきても事務所に積まれてあって、貼らなかったなあ。候補者にお金を下ろして、各自、自分の名前を入れた好きなポスターを作らせたほうがよいよ」とおっしゃる。

「旧公民両党には、街頭掲示板がありますが、いまは貼るものがない状態ですよ。この夏には参院戦の比例区があるのですから、党名の浸透をはかるべきではありませんか。それに、お金がかからないのなら作ってもよろしいんでしょうか」

「ああ、いいよ」が答え。そこで「新進党にしっかりしてもらわなきゃ困る。ハイ」のコピーを入れたポスターを制作した。一枚百円にして、江田委員長と一緒に労組や各候補者事務所に売り歩き、十四万枚を売りつくす。原価は七十円。党財政にいくばくか寄与した。

しかし、小沢側近の幹部職員から、「幹事長に意見した男」と忌み嫌われた。

# 黒電話

ある会で、少し長めの黒い髪で白い肌。つぶらな瞳。細身で、身長は百六十チセンを超えていたか。白いブラウスと黒のタイトスカートが似合う、明らかに好みの女性がいた。彼女は「仕事は何カ所も替わったの」といい、「こちらに隙があったのかもしれないですけどね、上司に言い寄られたこともあったのよ」とアッケラカン。語る口調は、はっきりしていた。東京の女の子だな、と思った。その会で、区市町村名と名前が入った名簿が配布される。しかし、電話番号は書かれていない。女性に迷惑がかかってはいけないとの配慮？

「へぇ、〇〇区なのか、山の手でおしゃれな町が多いんだよねぇ」

「ハイ。でも、うちのところは駅の近くでもね、商店街があって下町っぽいの」

そう彼女は、笑っていた。後日、各区別の電話帳を日本記者クラブで見つけ、林さん（仮名）という苗字で登録された電話番号を洗い出す。七軒もあった。

「林さんのお宅ですか。森子さん（仮名）は、ご在宅でいらっしゃいますか」

「ハイ、たしかに林ですけどね、うちに森子なんていう子はおりませんよ」

二軒つづけて否定され、三軒目で本丸にたどりついた。男の子にとって、そこの家の父親が電話に出てくるのが、大の苦手である。だが、幸運にも、母親らしい女性が出てきてくれた。各家庭に、固定電話が普及し終えたころの話である。

「うちの電話、よく判ったわよねえ。祖母の名前で登録されているのに……」

浜松町の小籠包店でほめられる。池袋の寿司屋に行ったり、湯島のうどんすきであったりと、食べ歩きで盛り上がった。グループでカラオケが置かれている店にも行ったはずだが、森子嬢が何という曲が好きだったのか、覚えてはいない。

「何もかも放り出してさ、好きな女性と駆け落ちをしたいね。本当は海外がいいのだけれど、英語がからっきし弱いからね、沖縄かなあ……。新聞販売店かパチンコ屋に住み込みで働いて、夜は泡盛飲んで寝るの。何も考えないでさ。これっていいと思わない？」

顔を覗きこむように訊いたことが、一回はある。ただし返事はなかった。少し経って、共通の友人（女性）から「森子ちゃんたら沖縄っていいところなの、と訊くの。私、行ったことがないしね、わかんないと答えておいたわ。ところで本当のところどうなんです」と問われて戸惑ったものだ。森子に「友達と東北に行ってきたの。父の好きなお酒だから」と宮城のお酒、一ノ蔵の四合瓶をもらったことがある。私の好きな酒の一つとなった。

それにしても、ひと昔前は、女の子の家の電話番号と生年月日を聞き出すことが「はじめの第一歩」だった。現代ならメルアドなのかな。もはや黒の固定電話の時代ではない。

実は、人妻となった彼女の携帯電話番号を知ってはいる。でも、かけたりはしない。いまとなっては、沖縄に渡って住み込みで働く体力、気力もないからだ……。

# 一月四日

小柳ルミ子の「私の城下町」がヒットしていたころの話だ。年末、当時、長岡にあった実家で、テレビをつける。歌番組で「格子戸をくぐりぬけ」がよく流れていた。始まると、すぐに釘づけとなる。Y子に似ていると思っていたからだ。そのY子とは、ボーリングや歌声喫茶、芝居鑑賞といった、いろいろな行事をこなすサークルで知り合った。当方は大学四年、彼女は短大二年生であったか。歌の流行時には二人とも社会人となっていた。交際(つきあい)は長い。正月早々に会う約束をしている。一月三日、帰京することにした。母は「四日ではなかったの」と不服そう。当方の仕事始めは五日、と知っていたからだ。

Y子は、三歳年下である。一年ぐらいデートを繰り返したあと「お会いするの、やめにしましょ」と一方的にいわれたことがある。何も喉を通らなくなり、朝昼、食事もとらず、ホットミルクを飲んでやっと回復する。いつもの失恋なら〝俺のよさが判らない馬鹿な奴だな。きっと後悔するぞ〟と悪態の一つもつき、あとはケロリなのだが、そのときに限って、これでお仕舞いにする気にはなれなかった。

八カ月ぐらい経ったであろうか、五月になった。故郷札幌の友に頼んで、スズランの鉢植えを、彼女宅に送りつける。その「花言葉」は、「純粋、純潔、謙遜」、そして「再び幸せが訪れる」なのである。予想通り、御礼の電話がかかってきた。「お星様だって年に一回は会うんだよ」と言い募って、七月七日、七夕の夕刻に虎の門の交番前で、待ち合わせることを納得させ、その後、また、映画や絵画を観に行ったりするようになった。

それで、一月四日である。

彼女から「年の初めは、振袖を着ての出社なの」と聞いていた。丸の内の本社で〝仕事始め〟があって午前中には終わる、との見込み、ともいう。午後一時、新橋の喫茶店で待ち合わせることにしたが、さっぱりやってこない。当時、男性は三十分、女性は一時間待つと決めていた。彼女は店の電話番号を知っていた筈。しかし、かかってこない。

そろそろ引き揚げようか、と思っていたときだ。息せき切って、Y子が現れた。「式のあと、二次会があってね、気がついたら遅くなって」と申し開く。まあ、責めても仕方がないか。それにしても、よく二時間も待っていたものだ。否、待たせたものだ。

お詫びの印(しるし)でもあったのか、後日、茶の毛糸で編んだマフラーをもらった。それに絡めとられるように、一緒になることを決意する。翌年一月、華燭の典となり、それから五十年近く、家で待ってくれている人となっている。

いま考えると、なぜ小柳ルミ子似と思ったのか。まず胸のふくらみは明らかに違う。ふてぶてしさ、いや、度胸だって及ぶべきもない。当時、二人に可憐さを感じていたのだ。「過去形ですか」と叱声が飛んできそうなので、これ以上、解説はしない。

## いつもサンダル

高校は札幌の男子校（札幌光星高校）。女っ気がさっぱりなかった。よく下駄を履いて散歩していた。大学生活は東京で、相変わらず下駄が好き。腰手拭いで、虎ノ門の民社党本部にあった民社学同本部に出かける。

早速、総務の庶務係りがやってきて「学生さん、下駄は音がするでしょ。やめてほしいな。こちらは仕事をやっているんだから」といわれた。東京はコンクリートジャングルだ、と心の中で毒づきながら、サンダル履きに切り替える。しかし、社会人になると、それもままならない。革靴となって、サンダル履きは、プライベートタイムだけのものとなった。

それだけに、旅行のときは張り切る。国内は言うに及ばず、海外でもサンダルで出かける。気まま旅は『サンダル履き週末旅行』（竹内書店新社）としてまとめた。台北に行って、マッサージ屋に繰り出し、日本から履いて行ったサンダルを、その店に忘れ、そこで履き替えたスリッパで帰国した話は、拙著（『本音でミャンマー』カナリアコミュニケーションズ）で、明らかにしている。

実は、東南アジア仕様で好きなものが、もう一つある。いわゆる明石ルック（カンボジアＰＫＯ代表の明石康国連事務次長が愛用）と呼ばれる半袖のジャケットである。大きなポケットが、何個もあった。取材手帖や筆記具が入る。

ミャンマーでオーダーメイドすると、二十数年前なら一着二、三千円で作ることができた。身体にピッタリと合い、綿地なので涼しかった。一昔前の東南アジアでは、大臣に表敬する公式行事でも、サンダル履きに明石ルックでＯＫであった。ありがたかった。

その明石ルックだが、いまではアジアでもあまり見かけない。所得が上がり、冷房が普及したためであろうか、民族衣装のほか、背広にネクタイ姿も増えた気がする。当方も明石スタイルをやめにした。ナニ、おなかが出てきて、昔の服は着られなくなってきたからだ。それに、いまオーダーメイドをすると、何倍かの値段になっているはずである。

さて、サンダルである。これは、いまでも活躍している。

六十六歳で会社をやめた。革靴を履く必要はない。特に、夏は茶のサンダルを常用している。先日、銀座で開かれた気のおけない友たちとの暑気払いでも、野球帽にサンダルで出かけた。さすがに、半ズボン姿ではなかったが……。

同居人には「そんな恰好で銀座に出て行くのはやめにして下さい」と厳命されている。しかし、これだけはやめられない。そこで、二人で出かけるときだけは、彼女の言いつけを守っている。ご一緒してもらえないと、淋しいからである。

## 「読書旅」

仕事をしなくなった。やりたいことはある。「読書旅」がそれで、好きな作品を持って海外に行き、ホテルにこもってひたすら読みまくる。

いま、書棚をながめていると、「もう一度、読んでくれよ」と訴えている本たちが、あまりにも多い。彼らをこのまま腐らせて置いては、かわいそうである。

常盤新平なら断然ニューヨークだ。「ニューヨークの古本屋」や「ニューヨークの女たち」などもよいが、「熱い焙じ茶」や「わさびの花」といった作品も好きである。東京の平井とか、神楽坂など〝渋い〟町を描いた作品を、NYで読んだっておかしくない筈。北方謙三の「三国志」なら四川省の成都であり、「岳飛伝」ならベトナムのフエである。宮城谷昌光は中原ではないが、好きな雲南省の麗湖か大理となる。

向田邦子全集と脚本集は、台湾の埔里（プリー）に持ち込む。台北から新幹線で台中に行き、そこからバスで四十分。内陸に入った人口六万余の地方都市である。小ぶりな商店街や市場があり、小気味のよい町だ。地元のシニア（日本語世代）によるボランティアもいて、日本人滞在者の生活を助けてくれる。しかも、近くには日月譚があり、高砂族と総称される台湾原住の人たちの民族村もある。何よりも、向田さんが永遠の眠りに着いた地に近い。読み終えるのにふさわしい。

江國滋なら、東欧の城下町が似合う気がする。「スペイン絵日記」や「スイス吟行」といった西欧の紀行文もあるが、でも、プラハかブタペストで、水彩画や俳句も収められた作品群を読み返したい。そういえば落語に関する著作も、あったはずだ。ホテルの部屋で一人笑っていると、少々不気味かな？　海軍好きの阿川弘之なら、なんといっても大英帝国のロンドンである。とすると、宮脇俊三はどうなるか。〝旅人〟だっただけにゆかりの地が多すぎる。子母澤寛、山口瞳、神吉哲郎、永倉万（萬）治らの適地はどこか。悩む。

その点、近藤紘一は簡単だ。デビュー作「サイゴンから来た妻と娘」にちなんで、ホーチミン（旧サイゴン）にする。酒が苦手な彼と、コーヒーでよくだべったものだ。愛したカラベルホテルは、すでに高層ビルに改築されてしまっている。宿は、古くて安いサイゴンホテルか、リバーサイドホテルにするつもり。

「読書旅」なら、ホテルに一週間ぐらいは滞在する。日中は部屋で読書。夕方からは町に繰り出し、どこかの屋台か居酒屋で飲む。日本が恋しくなってきたら、いまはどこにでも日本料理屋（定食屋）があるので、そこで沈没したらよい。

読み終えた本は、日本人の溜まり場に寄贈する。三読したくなったら、またぞろ、その国に出かけて行く。その気力が失せたら、日本の図書館で借り出せば用は足りる。

書籍が消え、風通しがよくなった、わが家で死ぬのが、私の理想なのである。

## 持ち帰り

あれは還暦前の札幌。小学校のクラス会である。一回り年上であった担任の藤山敏文先生の〝古稀祝い〟も兼ねていて、二十数名は来ていたか。薄野のビル地下、居酒屋で行われる。会費は四千五百円。五百円が、先生への贈り物代であった。

大企業の支店長をやっているAも、帰札していた。彼は蒲柳タイプである。

「よう、故郷は久しぶりか」と私。

「いや、母が一人暮らしをしているんで……。だから定年後に、こちらに住むかもしれんな。女房が、あなたのお母さんでしょ。帰ってあげたら、だって」

「じゃ、奥さんは、来ないということか」

「そうそう。私、横浜の家にいます。時々、行ってあげますからっていうんだ」

「そんなことありかよ」と憤慨する男もいれば、「わかるわ、その気持ち。奥さん、道産子ではないでしょ。今はそういう時代なのよ」と妙に同情的な女性もいる。

少し、暗い話になりかけたときだ。B子がやってきて「私、昔から、A君が好きだったの。会えて嬉しいわ」とAにしなだれかかる。座が、一気に明るくなった。

それから、お決まりの誰が誰を好きだったか〝詮索タイム〟となっていく。姐御肌のC

子が「そこの寺井君、澄ましてないで、教えなさい」と迫ってくる。

「そうだな、マリちゃんかな。小柄でかわいらしかったから」

「そうだわよね。かわいかったもの。ちょっと待って、いま声、聞かせてあげる」

いきなり携帯を取り出して、欠席していた彼女を呼び出し、「いま替わるから」と電話をこちらに寄こした。急にいまさら何を話せ、というんだ。

「もしもし、お元気ですか。弟さんも、どうです?」（彼女の実弟は、当方の弟と同級生）

先生へのゴルフクラブのパター贈呈式で、お開きとなった。地上に出る。二次会に行こうと盛り上がっていたときだ。「私たち、行かないわよ」とB子がそう言い放って、Aに腕を絡ませて薄野の夜に消えて行った。

「あれっ、持ち帰りだ。あんなのありかよ」と級友の一人がふくれる。

彼女は〝器量は十人並より、ちょっと上〟といったところなのだが、色は白くて何よりも明るい。男性陣に好かれているのである。

「ほっとけ。彼女は未亡人だ。子供たちを育てあげて孫もいる」という事情通もいれば、「それより大丈夫か。彼、糖尿のはずだよ」と妙な心配をする奴もいた。

還暦で人生一回り。あとは余生である。男と女の関係があろうとなかろうと、思想が右派か左派、肉が好きか、それとも魚か。そんなこと、もうどうでもよいのである。

日頃、そうは言っているけれど、一度でいいから、もてたかったなあ。

# ウィンナコーヒー

上京してすぐ、同じ年の従兄弟、坂口恒久君に喫茶店へ連れて行かれた。池袋西口のネスパである。「ここには、よく来るんだ」といっていた。従兄弟は、当時、立教大学生である。そこは、彼が所属していた演劇部のたまり場だったのだ。

当方、池袋本町に間借りし、浪人生活を始める。〝息抜き〟とか、〝勉強のため〟と称してネスパによく通った。バイト嬢が可愛かったという訳ではない。純粋にコーヒーが美味しく、ちょっと欧州調の店内も落ち着いていたからである。注文するのは決まってウィンナコーヒー。そこではコーヒー本体と、たっぷりの生クリームが分かれて出てくる。甘さが調節でき、納得の味となるのだ。

初めてウィンナコーヒーを飲んだのは、中学一年生のころか。札幌の狸小路から薄野への電車道にあった紫苑荘においてである。父に「生クリーム入りだから飲みやすいよ。ウィーンのカフェでウィンナコーヒーといっても通じないそうだが」と教えてもらった。哈爾浜(ハルビン)で青春を送った父は、休日に自宅でコーヒーを淹れ、クラシック音楽に耳を傾けたりする人だった。当方はもっぱら歌謡曲。家では紅茶派で、外でコーヒーとなる。

高校生となった私は、時々、学校帰りに、その紫苑荘に立ち寄った。あるとき風紀係りの先生が入ってきた。校則で喫茶店に入ってはいけない、となっている。当方を見とがめ、「やあ、一人か」と聞く。「ハイ」と答えると、「ここは、酒を出さない純喫茶だからいいけどな、ジャズ喫茶やスナックなんかに行ったら駄目だよ」と念を押される。校則違反については不問だった。日頃の真面目（?）な行状が、評価されていたからなのか。いや、先生ご自身が、そこが好きだったからであろう。でも、奢ってはくれなかった。

お茶の水の大学に入った。丘、白鳥、上高地、タロー、ジロー、ゴロー、ミロ、レモンなど、喫茶店は目白押し。サークルの連絡帳が置かれている店もあった。喫茶ハイライトでは、テーブルの上の皿に煙草のハイライトが、バラで置かれている。コーヒーが八十円で若干高めである。しかし、喫煙する友が通っていた。

一年生のとき、大学近くの某喫茶店でウィンナコーヒーを注文する。上級生のお姉さま方の間で「新入生のくせにね、十円も高い、何とかコーヒーをオーダする子がいるのよ」と評判になった、と聞く。そのうちの一人に気に入れられ、二十歳の誕生日に、ホテルニューオータニの最上階にあった回転レストランに連れて行かれた。ショートケーキ付きコーヒーを振舞ってもらう。五百円であった。一日のバイト代が八百円ぐらいの時代である。嬉しかった。それよりも、彼女自作の「詩」と刺繍をいただいたことが忘れられない。

父が既に死に、ネスパも閉店した。恒久君までも、早く亡くなっている。先年、ウィーンのカフェで、ブレンドコーヒーとシホンケーキを注文した。静かなひとときであった。

## 判断力はマル

この前（二〇一七年一月四日）は、驚いたね。夜七時に電話がかかってきて、いきなり「ハイ、ガク（当方の孫）です。いま成田だよ。今日、泊めてくれる？」だもの。

君とイチ君（ガクの弟）を、武蔵野線と北総線を使って成田空港まで送って行ったね、それから家に帰ってきて、さあ夕食をと始めようとしたころだったんだよ。「大分に向けて飛んだんだけどね、一時間ほど行って機体不良で引き返してきたんだ」というではありませんか。だけど、君の声は落ち着いていたね。

「スチュワーデスさんから、携帯を借りて電話している」

そう言っていた。だいたい、いまどき「携帯禁止」なんていう、君の父親（私の長男）が古いんだよ。旅行のときなどは、レンタルしてでも持たせるべきだったのさ。いざというときに困るからね。今回のように……。

私の指示通りスカイライナーを使って午後十時半過ぎ、東上線みずほ台（埼玉県）の我が家にやってきたね。けれども、それまでオオバ（君の曾祖母）はオロオロ、大変だったよ。「大丈夫かな。おなかが空いていないかな。電車が分かったとしても、寝過ごして遠くの駅まで行ってしまってないかな」と本当にうるさい。「喉を通らなくなった」といって、食事をやめてしまったほどだ。

「中二と小六（当時）の男の子だよ。それについ二年前まで、こっち（埼玉）にいたんだ。田舎育ちの子供ではないんだし……。私だって小五のとき、弟（小三）を連れて札幌から留萌まで汽車で行っている。深川駅での乗り換えがあったけれどさ、なんともなかったよ。外国に行っているわけではないんだから」

そう一喝してしまった。

ただし、「おなかは空いているかな」とちょっぴし思ったよ。

それが「成田空港駅のコンビニで、オニギリを買って食べてきた」という。ババ様（当方の妻・ヨリコ）は「さすが、いまの子は違うわよねえ」と感心していた。

これで、君がいざとなったときに、対応できる子であることが分かった。安心もしたよ。ただね、今回、わが家に五泊した君を見ていると、だらしなかったな。すぐソファでごろり。着替えも休み休み。それよりも、まず夜更かしで朝寝坊。ダラダラしていたよなあ。ババ様は「あなたにそっくりよ。血が争えないわね」だって。

「そういうが、ボクの血は四分の一だ。ヨリの血だって四分の一、入っているんだぞ」と言い返したけどさ。でも、やはりキリッとしていてほしいな。

暇になるとタブレットに手を伸ばし、ゲームをやっていたこと。昔はよく本を読んでいた子だったのにねえ。いずれにせよ緊急事態のときの判断力はマル。生活習慣はバツだな。

## 嫌いだったパクチー

はじめてベトナムに行ったのは一九七七年十一月のことだ。香港に飛び、九龍で一泊。九広鉄道で広州に行き、さらに一泊。そして広西チワン自治区の省都・南寧に飛ぶ。休憩後、国際線に乗り換えて、ハノイに入った。日本から直行便で一足飛び、六時間足らずの現代とは、明らかに違う。フエ、ダナンと下り、つい、その二年半前まで南ベトナム政府の首都だったホーチミン（旧サイゴン）まで行っている。

二週間のベトナム旅行だが、日本の青年代表団の一員であり、いわば〝官製〟の団体旅行である。しかし、少ない自由時間は、目いっぱい街を歩きまわった。

ホーチミン市で、友人の近藤紘一さんがかつて住んでいた家にレンズを向けて、兵士に「ミリタリーシークレットだ」と取り押さえられた話や、ダナンの写真店に入って、女店員とカタコトの英語で喋ったため、その店が営業停止になった話などは拙著（『朝まだきのベトナム』制作同人社）に書いてあるので、再述はしない。

問題は、食事である。

当時、ベトナムに和食の店などはほとんどなく、朝昼晩の三食ともベトナム料理である。果たして油はあうのか。肉は臭くないか。そこで旅行用の湯沸かし器と、カップ蕎麦などインスタント食品も、少し持参したものだ。けれども、それはまったくの杞憂だった。

エビや挽肉、ビーフン、香菜などをライスペーパで包んだコイクオン（生春巻き）、エビ、挽肉、モヤシ、ニラが入ったパインセヨ（ベトナム風オムレツ）、サトウキビの茎に、エビのすり身を巻き付けて焼いたチャオトム（ベトナム風チクワ）など、美味しいものばかり。すっかり気に入ってしまった。でも、三つ葉のような香菜、パクチーのツーンとくる香りがいけません。米粉麺のフォーにおいても、パクチーをよけて食べる状態となってしまった。

帰国後、近藤さんに「ベトナムに行くなら買ってきて」と頼まれていたニャン（茶色の薄い皮に包まれた白い果肉で甘い果物）を届ける。

「今度、女房（ベトナム人のナウさん）のベトナム料理が、中公（月刊誌『中央公論』）のグラビアを飾るんですよ。彼女が作りますので、食べに来ませんか」

そう自宅に誘われはしたけれど、パクチーが入っている本格派ときいて、丁重にお断りをしてしまった。

ところがですね、九〇年代以降、たびたびベトナムに通ううちに「香りが強いパクチーがたっぷり入っていないフォーガー（鳥肉）やフォーボー（牛肉）などはフォーではない」というまでになりましてね。いまや本場のパクチー恋しさに、ミャンマーやタイから、ホーチミンやハノイにまで足を伸ばす。ところで大嫌いから大好きに変わった切っかけ、本当の理由は何だったのか。現在となっては判然としない。

## ビェンチャンで遠出

その昔、ラオスのビェンチャンは素朴な都市だった。某有名旅行作家に「信号機がない首都」と書かれている。暗闇の町に赤く小さなネオンが灯る、田舎のスナックみたいな店にいく。カウンターがあり、ボックス席が三つほど。客はガイドのK氏と私の二人だけ。女の子は四人いた。顔立ちは、角ばった岸田劉生(りゅうせい)の〝麗子像〟ばかり。二十歳手前の筈。しかし、身体全体に丸みを帯びた彼女たちに囲まれ、思わずニヤつく。

ジョニ赤を飲み干し、帰ろうとすると奥からマスターが出てきた。K氏

「『明日、遠出、しませんか』といっていますけど」。好みにはほど遠いとはいえ、彼女らと言葉をかわしも参加してくれる。「いく、いく」。つい答えてしまう。私は四十代の終わりだった。

翌日、わがホテルに現れた一行は、六人である。当方も加わった。五人乗り中型バンの前座席に三人、後ろに四人が乗る。庶民の足は自転車タクシーか、オート三輪のツクツクを使っているころの話だ。若い女性と、密着することになる。弾力感はあったものの、本当にきつかった。これならミャンマーで乗った軽トラのほうがましである。

まず郊外の動物園に向かう。白い象や猿がいる。バナナを買ってエサをやる。また、数

キロ走って、塩工場に着く。工場といっても、深い井戸と汲み上げた塩水を煮詰める小屋があるだけ。〝内陸〟国でも、塩がとれるのである。

そこから一時間半ほど走って、ラオス最大の人造湖ナムグムダムに着く。

水を満々にたたえた風景は、壮大である。木々も濃く、保養地となっている。休憩所で昼食をとる。竹の籠に、もち米ごはんが詰められて出てきた。指でまるめて口に入れる方式で、スプーンも箸も必要としない。川魚の煮つけや野菜炒めに豆腐と、おかずも日本人の口に合う。ビールも飲んで、昼寝を楽しんだ。貸しボート屋があったなら、〝麗子〟さんならぬハーちゃん、スーちゃんらを乗せて、漕ぎ出したかったのだが。

余談ながら、ダムは日本の援助で作られた。建設時は内戦の真っただ中。右、中間、左の三派に分かれて戦っていた。それでも、この現場での戦闘は控えたと聞く。どこが勝ってもダムは国の財産になると考えていたのであろう。現在、ダムが産み出す電力は、タイに売られて稼いでいる。ちなみに勝利したのは左派のパテトラオ。王制は打ち倒された。

ガソリン代や全員の食事代百ドルを払う。大店（おおだな）の旦那が番頭、手代、丁稚、女中を引き連れて、飛鳥山（東京北区王子）に花見に繰り出した気分である。

帰路、赤い土を踏み固めた道路に、真っ赤な夕陽が落ちていく。乗っていたのが、ライトバンではなく軽トラックなら、荷台に寝転がり、ぼんやりしていたはずである。残念！

## 〝決断の朝〟

休日出勤の朝、食卓で「昼の会議が終わったら、帰られるからさ、志木の喫茶店に来てほしい」と告げる。妻は怪訝な顔をしていた。二人で三時のお茶である。「実は大学院に行きたい。会社はやめないよ、通信制だから。でも初年度が八十万円で、次年度が七十万円。それに指定のパソコンが二十万円。計百七十万。支払い、頼むよ」

子供たちが卒業し、学費問題から解放されたとき、私は五十五歳となっていた。妻は「いいわよ。でも、途中で投げ出さないでね」と認めながらも、釘を指した。意地もある。朝四時に起き、原稿用紙十枚のレポートを書いた。これが十科目で各四本、計四十本、それに修士論文が百枚。パソコン画面で結んだテレビゼミもあったし、所沢や市ヶ谷校舎でスクーリングも行われた。指導教授は元『中央公論』編集長の近藤大博先生である。面接試験のとき「新聞記者をやっていて、大丈夫ですか」と心配された。

一年たっても、修士論文「非営利団体広報論」が進まない。

焦ってもしかたがないと、マレーシア旅行で気分転換。避寒のため移住してきた日本人夫妻にも会った。急遽、テーマを「アジアロングステイ論」に改める。ペナン、チェンマイなどの現地調査も入れて筆が進んだ。大学院の成績は、オールAだった。大学は「可山優三」君であっただけに、嬉しい。大学院パーティで修了生代表の挨拶もさせられた。

その日の夜の、わが奥方との会話。

「あのときどうして、すんなりおカネ、出してくれたの？」

「だって、呼び出されたでしょ。『会社をやめて選挙に出る』って言われるかとヒヤヒヤものだったもの。違うと分かったとたん、後はどうでもよくなったの」

「『女ができた。別れてくれ』って言われると、思わなかったわけ？」

「そんなことは全然。露ほども考えなかったわ」。失礼な話である。


その昔、新進党が〝住専問題〟で、審議拒否どころか、ピケを張って審議妨害を始めた。これでは議会制民主主義の破壊となる。当時、党の広報企画委員会事務局長を勤めていたが、二月末の朝、玄関で「辞表を出すよ」と伝えた。

彼女は動ぜず、「そうね。それがいいかも」と答えた。三月末で退職し、五十日間の「シルクロード・バスの旅」に出かける。「〝決断の朝〟は、突然にやって来る」であった。

大学で教えることになった。修士の学位が役に立ったのである。十一年もやると非常に勤めるペイが安い講師でも、大学院にかけた費用の元はとっている。「家計に入れてもらってないわね」と同居人がいう。年金生活者は「あっ、そう」と受け流す。

## IQより健康

新卒で民社党本部に入った。同期の小島孝之君（タレントの小島よしおさんの父）が、同じ部署の先輩女性からお手製の座布団をもらった。当方には、二人の女性職員がおカネを出し合って買った幅広の黄色のネクタイである。

もう一人の同期、西阪透君に「ちょっと派手だな」とこぼしたら、「お前はいいよ。俺は何ももらっていない。だいたいだな、同じトオルという名前でお前はトオルちゃんと呼ばれている。俺は西阪君とか西阪さんだよ」とからむ。彼は慶應経済出。英仏伊ルーマニア語ほか数カ国語は堪能であった。家のクラウンを乗り回し、デートは湘南海岸をドライブしてフランス料理である。「二万円はかかるな」と嘯く。月給四万円時代の話である。

そんな彼に向かって「デートなんてさ、ラーメンとコーヒー、公園での散歩だっていいんだぜ。要は会う回数を増やすことさ」と能書きを垂れた。いい度胸である。

ある秋の日のお昼、夏のキャンプで知り合った女性から、職場に電話があった。

「この前のお話、たいへん面白かったですね。今度、ゆっくりお話しを」

「いや、申し訳ない。いま、忙しくてね」

「じゃ、お昼でも」と食い下がられた。「と言われましてもね、お昼は新人が交替で電話番しますので」とお断りした。心が動かなかった。……そんなこともあるさ。

当時、代表電話は、交換手がつなぐ方式だった。交換手や受付の女性らに、パチンコで取ったチョコレートを配ったり、よく馬鹿話もしていた。そして、二歳年上のAさんとは、たまに映画を観にも行っていたのである。

その彼女、映画館の帰りに「いま、洋裁を習っているの」との報告があった。

「スカートでも作るの？」

「それもあるけどね、背広なんかを作れるようになりたいな。内職にもなるでしょ」

一瞬、僕に作ってくれるのかな、と思ったけれど、それは甘い。Aさんは一年後、見合いで結婚して、退職してしまった。

さて、西阪君である。彼はルーマニアの名門大学に留学し、そこの女子大生と恋に落ちて「彼女は頭がいい。結婚する」と手紙がきた。「お前がモテているのか、日本国がモテているのか、冷静になれ」と返書をしたためたのだが、熱に浮かされたように結婚。日本で暮らし、後に別居となった。いまは二人とも鬼籍に入っている。

男女の仲は、「ＩＱより愛敬」といわれている。

否、黒色と茶色の革靴を左右に履いたまま出勤したり、台北のマッサージ店のスリッパのまま帰国した粗忽者がいまだ元気で、頭脳明晰、ボクシングをやっていて健康自慢でもあった友が、先立った。「ＩＱより健康」ということか。

## 東欧で〝添乗員〟

中国、ベトナムに続いて三番目の海外旅行は、東欧だった。一九八一年の晩夏で、チェコ、ポーランドがまだ共産主義国のころ。十八日間の旅である。

「一般団員が四十三万円のところ、十五万円でいいからリーダーとして行ってほしい」

世界青少年交流協会からいわれて、快諾したのである。団員の中心は地方の青年や学生たち。当方は三十代半ばだったが、参加者のほとんどが二十代である。四分の三は男性であり、ウィーンに着いた晩、彼らを集めて訓示を垂れた。

「明日からプラハ。そのあと、ワルシャワに入る。ご存じの通り共産圏です。闇ドル買いが横行していて、公定レートの十倍だったりするよ。喜んで交換し過ぎないように。余ったからといって、出国時にドルに戻すことはできないからね」

でも、みんなキョトンとしている。わかってくれたのかな?

「それから、この団には、ご存じの通り十六歳の女子高生も参加している。夜遊びをした話など、大声で喋らないように。部屋の中で喋ったらよいのだから」

そう注意を喚起した上、夜は一人で行動するな、だからといって、五人以上の団体を組んで悪所に出かけないように。たとえ、その筋のところで沈没したとしても、ホテルの朝食のときには帰っていること。――そう具体的に指示を出した。

当時の東欧は、とにかく暗い。ものはない。八百屋だって、小さなタマネギやジャガイモがあるぐらいである。どこから見ても、ヤボ丸出しの当方にも、街を歩いていると、若者が寄ってきて「スタイルマガジンを持っているか。持っているなら売ってくれ」と言われたりもする。また、ドル買いも至るところにいる。ホテルのメイドだって、ベッド直しのついでに「マスター、マネーチェンジ?」と商売を始める。

しかし、替えたところで何も買うものはない。ワルシャワを離れる空港で「誰かズローチ(ポーランド通貨)はいらんか」と叫んでいる団員がいた。彼に「持って帰るしかないな。『こんなおカネを使っているんで』とかいってさ、土産にしたらよい」とアドバイスする。また、違う団員が「東京ならワンメーターの近距離タクシーがさ、二十ドルもしたんだぜ」とぼやいている。

「それは明らかにボラれたな。こちらの月給の五分の一ぐらいにあたるよ。まあ、追いはぎに会わなかった分だけ、マシと考えるんだな」と慰めた。

団員は「日本時間は何時になりますか」とか、「交換レートはどれぐらいが適切ですか」となんども聞いてくる。夜、女性団員は部屋に戻っているか、男性はどうだ?と気をもむことばかり。これじゃ、添乗員だよ。十五万円払うのではなく、もらうのが正しかったのである。旅は「安い」と飛びつけてはいけない。

## 先輩のお好みは?

職場に一回りほど先輩の沢さん(仮名)がいた。出入りの管理、苦情の窓口、陳情者の応接などをこなす便利屋のような存在で、庶務係長だった。堅物とみられ、四十代半ばを過ぎても独身。「沢さん、好きな人いる?」とのぶしつけな問いにも、「いま、三人いますよ」と答えるのが、常であった。冗談かと思っていると、存外、本当だったりする。「スナックのLにね、バイトでいい子が入ったんだよ。今晩どう?」と誘われた。

三人のうちの一人に会えるのだ。好奇心から快諾した。

Lは新橋烏森にあった。ふくよかなママに迎えられて、ボックス席についた。二人の若い女性がつく。一人は肉感的でお喋り好き。「ヨシコでーす」と名乗った。もう一人は口数が少なく、少し小柄。「ケイコです」と事務的な口調、ショートカットである。

二人とも「大手町のOLよ」と言っていた。週二、三回のバイトだという。さて、どっちが、沢さんのお目当てなのかな?

見れば肉感娘と楽し気に話し込んでいる。当方は小柄嬢と映画の話。彼女は「ローマの休日」が一番だといい、こちらは「カサブランカ」と答える。

二番目は、小柄嬢も当方も、「風と共に去りぬ」だということがわかった。

「えっ！　本当ですか」

「そうだよ。ボクの、意外だった？」

お互い、感性が近いようだねとなり、笑いあった。そのとき、沢さんがちらっとこちらに目を走らせたような気はした。続いて、ロードショーが始まったばかりの作品に話題が移った。作品名は忘れたが、ニューヨークものであったと記憶する。

「それ、よさそうですね。観に行きたいなあ」

「じゃあ、行こうか」

来週の土曜日はどうか、と日程調整を始めたときだ。

「ケイコさん、それは駄目です。絶対に駄目ですよ。寺井君には奥さんも子供さんも、おられるんですから」

沢さんが、気色ばんだ声をあげた。ケイコ嬢も、当方も、唖然、呆然。顔を見合わせる。

「まあ、まあ。それなら沢さんもご一緒に」と当方。

「いえ、私は行きません。映画は嫌いですから」と沢さん。

まるで駄々っ子である。肉感娘も驚いていた。座がすっかり白けてしまう。「お先に」と、少しだがオカネを置いて出てきてしまった。その後、どうなったかは知らない。

小柄嬢は、まもなく店をやめる。沢さんと当方の職場は解散となった。彼は八十歳手前で亡くなったと、噂で聞く。生涯、一人身だったそうな。合掌。

## 佐々木さんに随行

一九八一年秋、民社党訪米団の一員としてアメリカに行った。団長は佐々木良作委員長。団員が大内啓伍政審会長（後に厚生大臣）と神田厚農林水産対策委員長（後に防衛庁長官）、それに事務局が当方で、計四人の構成である。まずロスに飛び、次にNYに移動。一泊ずつしながら目的地のワシントンに入った。右手に現地、左手に日本時間に合わせた腕時計をはめ、会談の記録と写真撮影、会計と忙しいこと、この上なかった。ブッシュ副大統領（後に大統領、パパの方）ほか米政府高官や上下両院の国会議員との会談も終え、NYに戻る。

ピアノバーで委員長は「荒城の月」を唄い、終わるとプラザホテルに帰るという。

「昨日の夜、マッサージを呼んだんだ。あまりにも気持ちが良かったからな、明日の夜十時にまた来てくれ、といっておいたのさ。部屋に帰っていないと悪いだろう」

翌日は、自由行動である。セントラルパークを見下ろす委員長の部屋に出向くと「君は、エンパイアステートビルに昇ったことがあるのか」と尋ねられる。

「いいえ、アメリカは初めてなので」

「そうだったよな。俺も随分前になる。行ってみるか」

屋上からニューヨーク市街を眺め、一階に下り着くと「悪いけどな、頼みがある。孫に土産を買って帰りたいんだ。君が選んでくれないか」とのご下命である。早速、ビルの売店でペンダントや模型を選んだ。それから五番街のティファニーに立ち寄った。奥様とお嬢様へのアクセサリーの買い物である。

もう一軒。日本人観光客向けのブランド品店にも行く。

「もう一つ、頼みがある。ここでハンドバックを三つ選んでほしい」。選び終えると「これは大内、こっちは神田、そして残りは君だ」。「いいえ、私のところは」と固辞すると、「君にあげるのではない。奥さんに対してだ。世話になったからな」と笑顔を向けられた。

時差ボケを取るため、訪米団はハワイに向かう。経由地のロスアンゼルスの空港で、ディズニーショップを見つけて、ドナルドダックのぬいぐるみを急ぎ買い求めた。それが次男のお気に入りとなり、結婚のときに新居に引っ越して行った。

訪米の五年後、常任顧問になられていた佐々木さんと、橋本孝一郎参議院議員との訪中に随行する。李先念国家主席との会談のあと「記者会見は君がやれ」と命じられた。腹心の橋本議員が当然務めると思っていただけに、少々驚いたが……。

北京、広州、深圳と回り、大陸を離れる際、「今回、最高のメンバーで、来たかったからな」といわれる。もう中国に来ることがないと、思われたのかもしれない。ちょっと涙ぐんでおられた。香港では、同行の夫人から、「奥様へ」とハンドバック、当方にはネクタイをプレゼントされた。妻は、そのバックをいまでも使っている。

## 渾名は〝マルさん〟

「高石哲夫　たかいし・てつお。一九五〇年、長崎県生まれ。三菱重工に入り、青年時代から労働運動に専心し、連合長崎会長、長崎県労済会長、全労済監事などを務めた。二〇一七年六月十六日、口腔癌で死去。六十七歳」

長崎新聞の訃報欄なら、以上のように報じていたのではないか。畏友・高石哲夫さんが、闘病生活一年余で、ついに力が尽きた。

つきあいはじめて四半世紀となる。彼は当時、造船重機労連本部の教宣局長であった。共通の友人である郡山貴三さん（写真家）と私が取材旅行をしていると知り「うらやましいですな。一緒に行きたいなあ」と直訴され、仕事を離れ、〝気ままな三人旅〟をしようとなった。候補地として台湾、ベトナムほかがあがる。高石さんはミャンマーを希望した。

これが、正解だった。ミャンマー最大都市ヤンゴンのシュエダゴンパコダ（仏舎利）に行く。黄金の仏塔に感激した高石氏は、伽藍中の地元信者席に端座し、動こうとしない。身長は一メートル七十センチを少し超えていたか。胸や胴まわりは人よりも太い。なにせ渾名は〝マル〟なのである。元横綱・武蔵丸さんに風貌が似ていることからついたと聞く。穏やかで、いつもは〝丸い〟人間性からきていたのかもしれない。

ただ、政治論議となると一変。芯の強さを感じさせるのである。高木剛連合会長（当時）にも「人道的見地から、ミャンマーの子供たちを支援すべきではないか。アウンサンスーチー問題と別けて考えるべきだ」と迫ったと聞く。

アジア母子福祉協会に誘ったら、早速、入会してくれた。監事を務めていただく。まわりのミャンマー好きを探し出し、会員を増やしてくれた。いまヤンゴンでボランティア活動を展開する富田裕行さんも、そんな一人である。長船三菱の野球部から、使用済みの公式硬球を払い下げてもらい、一緒にミャンマー野球協会の岩崎亭さんに届けたこともある。

何回かミャンマーやラオス、タイ、それに台湾を旅行した。あるとき、「高校は、ミッションスクールでしてね」と話しかけたら、「私もそうですよ」というではありませんか。

結局、当方が札幌光星、彼が長崎海星の卒業生であることが判った。カソリックでマリア会の経営。東京の暁星、大阪の明星も姉妹校である。

親近感が増した。ところが、高石さんは舌に癌を発症する。福岡市の九大病院で手術された。病室を訪ねると、血色がよい。「大丈夫さ、また、ミャンマーに行こう」と語りかけた。「分かった。行きます」とボードに書いてくれた。年末に長崎市に戻り、療養しているとメールをもらい、〝快気祝い〟も送られてきていた。

それに五月四日、「がんばります」とのショートメールももらっている。春は無理でも、秋なら大丈夫なのかなと安心していたのだが……。無念である。

## 屑屋さんになる

幼児のころ、丸裸で写っているスッポンポン写真がある。当然、オチンチンが写っていた。二歳ではなかったか。子供時代、その写真が、恥ずかしくてしかたがなかった。もう一葉はタヌキの扮装をした男児五人による記念写真である。これは幼稚園の学芸会で、「証城寺の狸囃子」を踊ったときのものだ。おなかがポッコリ出ていてほほえましい。たしかザルを使ったはずだが覚えていない。はっきり覚えているのは、小学六年生の謝恩会でのことである。クラス全員で仮装して舞台に立ち、歌おうとなった（「仰げば尊し」か）。男の子は野球選手やサラリーマン。女の子は割烹着姿のお母さんやＯＬが多かった。中には「私、お姫様よ」とか、「深窓の御令嬢になる」といって、着飾ってきた女の子たちもいた。ともかく、おのおの着たい恰好をするのが原則だった。しかし、大半が無難なものを選んでいた、と記憶する。

さて、私は何を着たのか。根が、少々（?）目立ちたがり屋のところもある。そこで、はじめは山下清スタイルで行こうと考えた。上半身裸で半ズボン、下駄履きをめざす。ところが、頭の固い友がいて、「裸は、ちょっとなあ」。みんなが山下清になるとでも思ったのか、あきれられてしまった。

そこで、顔を汚くメークして（「メークしなくても充分に汚い」なんていわないでね）、古びたシャツにヨレヨレズボン。竹篭を背負い、手にはゴミをはさむ道具を持って「屑屋、お払い、いらないものはありませんか」といいながら、舞台の上下をゆっくり歩きまわる。

時々、かがんではゴミを拾う動作をすると大受け。爆笑の渦が起こった。一瞬にして人生で一番の〝モテ期〟が訪れた。女の子たちに顔を茶や黒のクリームか何かでいじってもらい、それが嬉しかった。ホームレスみたいないでたち、着こなしも嫌悪感が起きなかったた。「将来、屑拾いをやっても食べていけるな」と妙な自信がついた。

謝恩会が終わり、担任の藤山敏文先生が「今日は楽しかった。わが組の仮装が一番受けていたよね。それでこれからです。クラス全員が一緒にいるのは、これで最後となるだろう。もう、二度と会えない人も出てくる。それが巣立ちというものです。卒業おめでとう。これからの人生、がんばって下さい」と挨拶された。

それを聞いていて「先生、何、いっているんだろう。また、みんなが、すぐに会えるのにさ」と心の中で思ったものだ。人生、軽く考えていたのである。

しかし、一年目のクラス会には三分の二しか出席せず、その後、思いついたように開かれる会では、出席者が減るばかり。お亡くなりになる方も増えてきた。

当方は結局、屑屋さんにはならなかった。あれこれ制約される感じのネクタイ姿も、好きではない。リタイアしてホッとしている。

# 南四西二十

生まれは、知床の根っ子にあたる北海道斜里郡小清水町の農場である。育ちは札幌といったらよいのか、同市で小中高を卒業している。家は七回替わった。最初は北十八条西四丁目。北大近くで親戚の離れを借りて住んだ。父がサラリーマンとなったからである。幼児だったので思い出はない。よく覚えているのは、小学二年生の二学期から六年生まで過ごした円山近く（南四条西二十丁目）の一軒家からである。八畳間が二つ、十四畳間と三畳間が一つずつ。平屋建てではあったが、四人家族（後に五人）には充分の広さだった。

母が脊髄（せきずい）カリエスに罹る。日当たりよいほうの八畳にベッドを入れて、寝たきり生活が始まった。母の母、つまり祖母が、遠軽町（網走支庁）から柳行李一つでやってきた。奥の三畳を根城とする。炊事、掃除、洗濯の家事一切をやってくれることとなった。五男八女を産んだ明治の女は、いま流にいえば、後期高齢者になっていたはずだが、一切へこたれなかった。ちなみに母は八女である。

わが父は当時、零細企業勤めだった。

借家の外見は堂々としていたものの、屋根は柾葺（まさぶ）きである。強い雨や大雪にあうと、よく雨漏りをした。バケツや洗面器を持って、雨だれ受けに走りまわったものである。水道は入っておらず、川本式のポンプを使う。都市ガスもプロパンガスも用いていない。もっぱら炭火と薪。冬は石炭ストーブも、煮炊きを補助する。風呂は家にあった。でも、大きな風呂桶を沸かすのはたいへんだからと、いつもは銭湯を利用した。

余談ながら風呂屋の下駄履き入れでは、三十六番を好む。伯父に連れられて、巨人・広島戦を観戦（一九五九年六月三日、円山球場）して、代打で登場した国松彰が二塁打を二本打ち、レギュラーに定着していく。彼の背番号は三十六だった。

札幌でテレビ放送が始まったのは、一九五六年の四月である。わが家に十四インチの白黒テレビが入ったのは三年後だ。皇太子殿下のご成婚パレードを観るためであり、二万円の頭金を払い、残りを二十カ月月賦にして手に入れたものである。

同級生の床屋に、テレビが入った。次は雑貨屋。相撲を観に行ったりした。宮本輝原作の映画「泥の河」（小栗康平監督）で、ランニング姿の子供らが飲食店のテレビで相撲観戦するシーンがある。その当時が甦ってきて、懐かしくなった。「ララミー牧場」や「月光仮面」は、ご近所宅で見せてもらった。狸小路にテレビ小屋が開業した。見に行かないうちに廃業となった。丸井今井デパートに小さな映画館があった。映画六社の枠を越えて、各社のニュースが上映される。栃錦と若乃花の熱戦もハンガリー動乱も、そこで見た。

近所の原っぱで、よく三角ベースをやった。冬は雪で固めた土俵を作り、相撲をとった。札幌の最後は、平岸（旧豊平町）の建売住宅である。想い出すことは少ない。

## 「女の身体って」

母が寝たきり生活に入ったのは、三十歳ではなかったのか。当方は小学校二年生である。冬の訪れが予感される肌寒い秋の夕暮れ、父と材木屋に行った。角材と板を買い求めてきて父が角材を切り、ベッドとして組み立て板を張った。その上に畳を一枚のせて完成させる。母の身体がすっぽり入る石膏を乗せ、そこに横たわる生活が三年三ヶ月近く続いた。五男八女の末っ子のもとに、母の母（当方の祖母）がやってきて、炊事、掃除、そして洗濯をこなしてくれた。祖母は、七十代後半に入っていたか。

わが家には水道がなく、川本ポンプである。都市ガスも入っていない。煮炊きは炭火コンロに石炭ストーブ。洗濯物は盥（たらい）に洗濯板を使い、ゴシゴシ洗う。雨漏りもする家だった。当時、父は小企業勤めである。当方が中学生のころ、上場老舗大企業に転職し、遅ればせながら〝電化〟の波が押し寄せてきた。暮らし向きが劇的に改善される。

それはさておき、母は脊髄カリエスといって、結核菌が脊髄に入った厄介な病気であった。治すためには、安静と栄養の摂取が絶対条件である。祖母に連れられて鰻屋に行った。裏口から鰻の骨を分けてもらう。天ぷら屋では、使用済みの天ぷら油を安く譲り受けた。

骨揚げ、野菜天が、その晩の食卓にのぼる。夏や冬の長休みのとき、祖母は娘（母の姉妹）たちの家に遊びに行く。そうなると、当方が市場に百円札を握りしめて買い物にいき、コメを研いで食事を作ったりした。父は、休日にまとめて洗濯をやっていた。

三年後、当方が小学五年生になると、母はだいぶ回復する。部屋に盥を入れ、行水となった。それまで、週一で家にやって来る看護婦さんに、アルコールで身体を拭いてもらっていただけに「やっぱりお湯は、気持ちがいいわよね」と喜んでいる。父は、背中を流しながら「女の身体って、丸みを帯びていてきれいだなあ」と呟いていた。思春期の入りかけであった当方は、そんな母の裸に正視ができない。何も答えなかった。

父は母より七歳年上。四十代となっていたのではないか。生きていたら「男盛りの真っ最中だったけど、あっちのほうはどうだったの」と訊ねてみたい。きっと「そんな昔のことは忘れた」と答える筈。そこで「彼岸に、いつ行く予定？」と二の矢も放ってみたい。「そんな先のことは分からない」と笑い飛ばしてくれるのではないか。いや、怒るかな？

その父は六十五歳のとき、上野の美術館で倒れ、あっけなく亡くなった。

大病した母は、九十六歳を超えたいまでも元気でいる。古稀となった息子は、たとえ母の裸を見ても、ああ歳をとったなと〝老いるショック〟に襲われるだけであろう。もっぱら、わが妻（嫁）が介護をしていてくれている。自分は、母に襁褓（むつき）はあてていない。

## 寿司屋でロースハム

好きなのは寿司を食べること。祖母が作ってくれた干瓢、卵焼き、椎茸、鯛そぼろが入った具たっぷりのチラシ寿司や巻き寿司が好物だった。でも、一番は生寿司である。いわゆる江戸前寿司というやつだ。北海道の高校を卒業して上京し、下宿先が定まると、まず寿司屋に駆け込んだ。馴染みとなったのは池袋二丁目の寿司幸である。

矢野友弘さんと奥さんが切り盛りしていたカウンター八席だけの店。小鰭や干瓢、そして穴子も、きっちり仕込みの仕事をしていて、銀座寿司幸の流れを組む本格派であった。貧乏学生だった私は、仕送りやバイト代が入ったときに出かけ、もっぱら並寿司をとる。そうすると矢野さんは「これ、どうです?」と、カウンター越しに何かを差し出してくれた。鮪の中おちの鉄火巻きも松茸の握りも、ここで初めて食べた。トマトや豆腐をのせた寿司が、生魚のあとの締めとして最適であることも知った。

常連は、ご近所さんである。小売り店主や夜の蝶も、たくさん来ていた。

ある日、身体のがっしりしていた先客がいた。阪神(当時)の田淵幸一さんである。連れの友人と談笑していたが、野球ファンである私とも二言、三言、言葉をかわした筈。その内容は覚えていない。冗談が飛びかい、笑いも起こり、明るい人だった。彼が現役バリバリの時代の話である。二人が帰ったあと、矢野さんに「これ、食べませんか、うちでは食べ切れないので」とロースハムを一本もらった。ホームラン賞のおすそ分けとのこと。

何度か、友を連れて行った。女性の場合、後で「相変わらず面食いねえ。騙されてはいけませんよ」と奥さんに忠告された。「あの娘にはふられた」と報告すると、「誰か、紹介しましょうか」だって。でも、丁重にお断りする。

そのうち生ものが苦手な女性と結婚して、池袋の奥の団地に引っ込んだ。かつて週に二、三回は行っていたものが、三ヶ月に一回でも訪れればよいほうとなってしまった。

しばらくぶりに、食べに行ったときである。

「今度、来られるときは、前の日にでも、お電話して下さいね」

ご主人に頼まれる。「実は最近、河岸に行かなくなって、店々を回る軽トラックの卸を利用しているんですよ。赤貝ほかの貝類、鯵（あじ）や鯖などの光りもの、平目や鯛など白身もそろえておきたい。来られる日は築地に出かけますので」という。回転寿司でも、配達寿司でもない、昔ながらの寿司屋は苦難の時代だな、と実感した。

私と同じ年頃の奥さんに先立たれ、何歳か年上のはずの矢野さんご自身も、心なしか萎んでいく。そんな気がしていたら、知らない番号から電話が入った。

「一ヶ月前に父が亡くなりました。遺品の整理でご名刺がありましたので」

娘さんからの訃報連絡である。好きな店もなくなった。

## シナリオ教室

その昔、脚本家の倉本聰さんにインタビューしたことがある。

「シナリオは面白いですよ。役者の顔を思い浮かべながら読めば、判りやすいですし」

「前略　おふくろ様」の台本をいただく。たしかに萩原健一や田中絹代、八千草薫などの声、立ち居振る舞いを想像しながら、一気に読み終えた。

読むだけではつまらない。書いてみよう。

そう発心して、青山の「シナリオ初級教室」を申し込む。十回の講座で受講料が一万二千円である。生徒は十数人だから、四十年前だって、これは相当に安い。「帽子」「窓」といった、課題を与えられ、二百字詰め原稿用紙二十枚以内でシナリオを書く。それに対し、「リズム感があった」とか、「着想が面白い」といった批評がついて、添削済みで返される。いつもほめられるとはかぎらない。「展開が、少し強引でしたね。もう一シーンを入れて、スムーズにしてみて下さい」といったアドバイスがつくこともある。

でも、優秀作として、何回かみんなの前で発表もさせられた。調子に乗って、先生にそっと「こちらで学んで、プロとして活躍なされている方は」と訊ねてみた。

「そうですねえ、年に一千人ぐらい受講されていますけど、プロとしてやっていけるのは、一人か二人ですかねえ」

やはりそうであったか。

当時、編集していた月刊誌へ、河合栄治郎門下の江上照彦相模女子大教授に連載をお願いしていた。明治ものである。原稿受け取りもかねて、毎月一回は新橋の小料理屋で飲む。また、鵠沼のご自宅にも、泊りがけでお伺いした。ある日、一献かたむけたあと、「実は、いまシナリオを習いに行っていてですね、上級コースに進むべきか迷っています」と告げた。そのころ江上先生は、文部省や『週刊テレビガイド』誌の放送作家賞の選考委員長も務めておられた。放送作家界の大御所の一人なのでもある。

「もう、シナリオの書き方のイロハは、やったんでしょう?」

「ハイ。それは……」

「それだったら〝お試し〟期間は終わりです。君は、もともと文章がうまいから、まず作品を書くこと。書き上がったら持っていらっしゃい。見てあげるから」

そう、おっしゃられた。では、力作を書いて持って行こうと決意したはずである。しかし、半年もたたずに先生は戸隠の別荘で亡くなられた。

わが書棚に「倉本聰コレクション」や「向田邦子作品集」などシナリオ全集が収まっている。〝マイブーム〟の名残りだ。シナリオ教室を辞め、一つのシナリオも書いていない。エッセイでもコラムでも、課題や締切がないと書けない性格が、問題なのである。

## 野球少年

遊びは、もっぱら原っぱでの三角ベース。野球少年だった。小学校五年のとき、校内野球大会が開かれることになる。学級代表チーム十四名の発表があった。当方は野球好きではあったけれど、足は遅く、肩が弱い。しかも打球が飛ばない。落選は織り込み済みである。でも、仲間内のヒーローだったシラカミ君が落ちたのは、納得できなかった。

「お前が落ちるとはなあ、ゴロを捕るのはうまいし、足も速いのに」

「打撃のほうが、ちょっと弱かったからかな」

カミは怒っていない。笑みも浮かべている。冷静であった。

そこで、落ちこぼれた十七人の男子生徒の中から、メンバーを集めよう、チームを作ろう。そして本格的な試合をやろう、となった。

「オイ、野球をやらないか。外野となるけどさ。上位を打ってもらうから」とか、「ピッチャーはどうだ?」といったふうに、スカウトを始める。映画「七人の侍」でいえば、「侍」を集める勘兵衛（志村喬）になった気分である。寺井が監督、カミがキャプテンということになった。当方は下手なくせに、野球に関して一家言あるとみなされていたのである。昔から口だけは達者。頭でっかちだったのだ。

次の日曜日、近所の雑貨屋のお兄ちゃんが探してくれたチームと、練習試合となる。大通り公園の端にあるグランドだった。キャッチャーはトマト、一塁はフジ、二塁は……と、なんとか九人がそろう。バントが得意の当方が、二番が相応しい。けれども監督兼任だから、ライトで八番「ラ・ハチ」を務めた。

うちのピッチャーが、スコーン、スコーンと連打を浴びる。ライトから走って行って、ピッチャー交代を告げる。一回表で九点とられた。裏は三者三振である。二回表も見事に打たれまくった。業を煮やした〝ラ八〟の当方がマウンドに立つ。けれども、この投手、すこぶるノーコンで、連続フォアボールを出し、自分自身の交代を告げた。また、六点もとられる。二回裏は一人が三塁ゴロ。あとは三振。結局、二回終了時点で十五対〇である。

先方の監督から「コールドゲームにしていただけませんか」といわれる。先様はM小学校の二軍。しかし、主力はわれわれの一学年上の六年生だった。ポンコッチームが、メジャーリーグの3Aに挑戦したみたいとなった。彼らの練習にもならない。残念ながら、申し出（いや、通告）を受け容れる。八番だった私は、一度も打席に立た（て？）なかった。

チームは自然解散となり、原っぱでの三角ベースをやるだけに戻った。それも六年生になると、人数が集まらなくなる。もっぱらカミとのキャッチボールとなっていく。打者生活は終わったのだ。還暦のクラス会には、カミの顔がなかった。亡くなったときく。もうキャッチボールすら、できないのである。

# 三番ホール

ゴルフを数回やったことがある。ゴルフ道具だって、持っていた。

O先輩が「お前は広報担当のくせに堅物。そんなことだから民社が伸びないんだよ」と訳のわからない理由をつけ、ゴルフ道具一式を拙宅に送りつけてきた。

「打ちっぱなしに行って、練習しておくように。そのうちグリーンに出よう」

そう厳命されたが、クラブは物置に眠ったままだった。

九〇年代の半ば、年上の友人らと三人でミャンマーに行った。二人共、すこぶるつきのゴルフ好きである。

「ミャンマーは、イギリスの植民地だったよね」

「うん、まあそうだったが……」

「じゃ、ゴルフ場もある?」

「もちろんあるよ。ただし、ヤンゴンゴルフ場は一九〇二年の開設と聞いているけれど」

〝海外にまで行って〟と思わぬでもなかったが、旅の中ほどにゴルフ日程を入れた。バガンのコースである。アンコールワットと並び世界三大仏教遺跡の地に、タンシュエ・ミャンマー大統領（当時）肝いりの新ゴルフ場が開業していたのだ。

行ってみると、二千三百あるパコダ（仏塔）の間を縫うように十八ホールが作られている。特に三番ホールのグリーン手前には、左右に小ぶりの仏塔があった。ＯＢとなれば、ゴルフボールをぶつけることになる。初心者の私は、びくびくひやひや。ボールを叩いたとき、心の中で思わず「南無さん」と叫んでいた。幸い、真ん中を抜け、塔を避けて飛んで行ってくれた。もし、左右のどちらかにスライスしていたなら、〝人類共有〟の文化財産に傷をつける加害者となってしまったのである。

ところが、そのバガン、「世界遺産」認定が遅れた。軍政トップによるゴルフ場の建設、遺跡群の真ん中を走る道路の舗装、蛍光灯の街灯設置、尖端が欠けていた仏塔へのコンクリートよる補修と、文化遺産の毀損が散見され、それらをユネスコが嫌ったためだといわれている。アウンサンスーチー女史が、軍政時代に「ミャンマーへの投資はやめよ、観光客は来るな」といってきたことの影響も、少しはあったのかもしれない。

さて、そのゴルフだが、スコアは百四十六。友人たちの二倍近くとなってしまった。彼らが打ち終え、ゆっくり歩いているころ、グリーン上を走り回っていた結果が、それである。気の毒に思ったのか、ボールがホール近くまで行くと、すぐ「オッケー」の声がかかる。だから、本当のスコアは、もっと悪いのである。

以後、ゴルフはやっていない。先輩から送られてきたゴルフ道具一式は、営業マンの長男が使用主となっている。最近はやりのグランドゴルフにでも挑戦してみますか。

## 喋らない

古稀を過ぎても、何人かの〝女友達〟はいる。かつてのクラスメイト、あるいは幼馴染といった、いわば定番ではない、社会人となって知り合った女性たちだ。いずれも当方より若い。中には、二人の息子より若いヤングだっている。年齢だけではなく、職業もバラバラ。学者、起業家、ジャーナリスト、劇団員といった具合に幅が広い。もちろん、OLも主婦もいる。お目にかかるのも、数年に一遍から、半年に一度。相手が複数での場合もあるが、たいていは単数である。遠目では、いわゆるカップル(親子?)と写る。

映画や旅行の趣味が一緒だったり、食べ物の好みが一致していたりする。それよりも共通項はみんな、私のお喋りを気持ちよく(?)聴いてくれる方々である。

「じゃあ、奥さんと同じじゃないですか」と言う勿れ。

その奥さんについて最近、発見したことがある。交際期も入れると約半世紀もの長きにわたって連れ添ってくれている彼女、私の話を聴いていて、タイミングよく、相槌を入れてくれたりもする。ところが、その多くは〝上の空〟であることが判明した。私がいった内容を、まるで理解していないことが多々ある。ひょっとすると頭の回転に少々の障害が生じてきたのではないか。呆けが来たのかな？　そう、密かに案じてきたのだ。

しかし……、それはとんだ杞憂。要は聴いているふりをしてきただけ。敵は、かなりの演技派だったのである。「だって、あなたの話、長いんですもん」と宣う。結婚当初、「お喋りで、明るい人が好きだったの」といって、しなだれかかってきたことを忘れたのか。

そんな私だが、〝女友達〟のことについては一切喋らない。何故なら、その〝女友達〟が、いつ〝友達〟がとれて、私にとって、大切な〝女〟となるのか、判らないからである。それが理由の第一だ。

誰です？「ない、そんなことは絶対にない。金輪際ない」と強調する人は。

彼女ら、一般的にいって、それなりの美形なんです。いつ、「友達」の二文字がとれても困らない。いや、困るかな。その男が……と非難されるのを承知で打ち明けるのだが、実は私、とんでもない〝ヤキモチ焼き〟なのである。女房殿が英語を習う、フラメンコをやる、クラス会に出席すると聞くと、内心、そこにイケメンがいるのかなと気になってくる。それも近年、少し落ち着いてきた。彼女も〝古稀〟を過ぎたので。

話は逸れた。〝女友達〟を喋らない心は、喋ったところで微動だにされない、信頼されている、いや、見くびられている。そんな現実を確認するのも嬉しくないしなあ――。

だから、〝女友達〟に関する現況報告は、当面、封印して置く。

## 二人の祖父

母方の祖父・井藤清作は、石川県生まれ。日露戦争に従軍し、潜水艦の機関員であった、と聞く。しかし、同戦で、日本軍の潜水艦が活躍した事実はない。訓練中に、戦争終結となったのではないか。海軍を除隊して、実家・能登に戻ってみれば、行儀見習いとして女の子がやってきていた。その娘とできてしまい、女児を授かる。

祖父は十八歳、祖母は十六歳だった。曽祖父はふしだらだと怒り、「その赤子は根室の親戚の養女とする、お前たちは出ていけ」となって、二人は樺太に渡る。祖父は樺太庁に勤めてボイラーマンとなった。機関員として覚えた技術が、役に立ったのである。

いま九十六歳となる母は「あなたのお爺さんは、酒も煙草もやらず、まっすぐ家に帰ってくる人だったのよ。穏やかな父でね、怒ったことなど一度も見たことはなかったわ。食パンが好きだった」という。十三人の子持ち。母はその八女で末っ子にあたる。

祖父は終戦後、樺太から引き揚げてくる際、函館を目の前にして風邪をこじらせ、船中で病死した。六十五歳だった。

父方の祖父は福井県の出身。代々寺井利平を名のる豪商だったが、五代目が放蕩の限りを尽くして没落。小規模な菓子の製造販売となった。八代目にあたる祖父・寺井三松は、北海道へ移住を決意し、遠縁の多田家を頼ってオホーツク側の紋別郡興部へ。多田家の小作として就農し、牛、馬、山羊なども飼っていた。わが父は八人兄弟の下から二番目。三男であった。向学心が強く、日本海沿いの留萌の役場に勤めていた長兄を頼り、留萌中学に進む。しかし、兄嫁と折り合いが悪く、兄宅を飛び出し、旧制中学を二年で中退する。興部に戻り、家畜の世話をやっていた。「牧童の合間に教科書を読んでいたよ」とのこと。

そのとき祖父は何をやっていたのか。亡くなった父にきいたところによれば、農業のかたわら、お経をあげることができるので、お坊さん代りに、ほうぼうの家に呼ばれていたそうな。北の開拓地では、お寺も少なかったのである。

「遠くの家だと、泊りとなるだろう。呼ばれた先で、懇ろとなる後家さんもいたらしいな。ひょっとすると、腹違いの兄弟でもいたのかもしれないのさ」

父が、なんだか嬉しそうに語ってくれた。真偽のほどは定かではない。

当方が幼稚園のときに三松爺さんは亡くなり、興部で行われたお葬式や火葬場を、おぼろげながら覚えている。死の床の祖父に、呼びかけをしたことも……。

一般的にいうと父方が軟派、母方が硬派となる。だから、どちらの血を多く受け継いでいるのか、と問われても困る。〝女好きで堅物〟だっているではないか。

## 封印してきた話

一階の大家に「電話ですよ」と呼ばれた。A子からだった。「会っていただけません？」という。何人かで、お茶をしたことはある。二人きりで話をしたことはない。少し暗めの肉感的な子であった。誘いは嬉しかった。

翌日、御茶ノ水画材屋の二階の喫茶店「檸檬（れもん）」で会う。

「突然、呼び出してごめんなさいね。あなたって、口が固いでしょ。どうしても、聴いてもらいたいことがあって……」

「いや、男のくせにおしゃべりだ、とよく言われているよ」

まぜっかえそうとしたら、彼女はぐいと見つめてくる。深刻な話だな。しばし沈黙があって、「私ね、まわされたの」と切り出される。

「えっ！」

「一昨日（おととい）よ」と彼女。説明によれば、バリスト（バリケード・ストライキ）の学内で、三人の男性活動家に押さえつけられた、病院には行った、とのこと。

「卑怯だ、そいつら。絶対に許せない。これは警察だよ。断乎、訴えるべきだ」

「いやよ。官憲に売るなんて。それに大学構内に警官が入るでしょ」

翻意を迫っても、頑としていうことをきかない。彼女は、ばりばりの全中闘（他大学の全共闘）である。ローザー・ルクセンブルク（ドイツ共産党）が好きだ、とも言っていたな。なんで反共派の俺に、話をした？　混乱、困惑する。

「集会さぼって、部室に一人で寝ていたの。隙を見せた私にも非があったのよね。悔しいけれど、我慢する。狂犬にかまれたと思えばすむ話なんだから」

「冗談ではない。純粋な刑事事件だよ。また、犠牲者が出たらどうするの」

A子、それには答えず「共産主義って何だろう、とは思ったわ。そうしたらね、急に会いたくなったの。民主社会主義とかなんとか、言っていたでしょ」

「これはイデオロギーではない。男として、人間として、生き方の問題だ」と私。

だが、彼女の決意は変わらない。

「勉強がしたいの。本は何がいい？」

関嘉彦先生の『新しい社会主義』（現代教養文庫）を勧めたかった。しかし、いまは思想書より、心の傷を癒すほうが先と判断。村上一郎著『人生とはなにか』（同文庫）を買い、プレゼントした。そこには、出会いや生き方について、好きな一節があったからだ。

後ほど「本当にありがとう。救われ、落ち着きました」の葉書が届いた。

全学ストは解除される。新学期となったが、A子は顔を出さない。退学したとの噂を耳にした。住所は知っている。連絡はとらなかった。半世紀あまり封印してきた話です。

## 「相済まぬ」

昭和育ちの父、つまり私は、子供たちのことよりも、仕事第一が信条であった。幼稚園、小学校と二人の息子の行事、入学（園）・卒業（園）、父親授業参観、運動会などに参加したことはない。父親参観というと、六月の父の日の頃である。ちょうど選挙準備などをかかえて、日曜返上で働いてきたのだ。さらに、子供らの中学、高校、大学などにも行ったことはない。本当に相済まぬ、である。

いや、違う。実は一度だけ、それがある。たしか長男が小学四年生のとき、二学期のはじめに転校し、新しい学校になじんでいるか、なじんでいないのではないか、という疑念が生まれてきた。近く、運動会がある。そこでクラスの応援団長を務めると聞く。学校に行ってみた。クラス対抗リレーが始まる。応援旗を懸命に振り、声を張りあげている息子を見た。率先垂範、クラスに融け込もうとしていたのだ。目頭が熱くなってきた。

その小学校でのことである。湾岸戦争開戦前であったか。帰宅すると、妻にB４判のビラを手渡され「このビラを、お父さんやお母さんに見てもらいなさいと担任の先生に言われ、もらってきたのよ。教室で配られたんですって」。

そこには「海外派兵断乎阻止。ＰＫＯ法反対。教職員組合」とあった。これを授業の最後に、教室で配ったという。まさに政治活動である。

「これは、地方公務員法違反だ。明日、学校に行って校長に会う。説明を求め、場合によっては糾弾する」といった。妻は「それだけはやめて。ワタル（長男）がせっかく学校になじんできているのに可哀そうだから」と止める。なんでそうなるの、と思わぬでもなかったが、懸命に応援旗を振っていた息子を想い出して、学校に行っての抗議は自重する。

その代わり、翌日、町の教育長に電話をかけた。

「そんなことをやりましたか。すぐ調査してご報告いたします」

そのまた翌日、教育長から電話がある。

「たしかに当該校において、二人の教諭が教室で政治ビラを配布していました。厳重に注意し、再発はさせません。処分は勘弁して下さい」。「それはおかしいぞ」と思う。でも、また、長男の顔がちらついてきて、矛を収めた。

本当は町会、県会、国会などで糾してもらおうと考え、材料も揃えていたのだ。

教科書を使わないで先生らが作る冊子を副読本として用い、社会科の授業をやっていた小樽の〝偏向教育〟の実態をレポートしてきた経験だって、持ってはいたのだが……。

自分の息子が〝人質〟にとられていると弱い。これぞ「相済まぬ」である。

# 喫茶店

ひょいと顔を出すと、「やあ、来たの」と声には出さないけれども、笑顔で迎えてくれる店主がいる喫茶店が、好きだ。といって、「いらっしゃいませ」と大仰な声を出されるチェーン店は、嫌いである。もちろん、好む店のブレンドコーヒーは香り高く、味わい深い。内装は渋め。昼食時分になってもカレーやスパゲティの類いは一切出さず、あるのはトーストのみ。夜の酒も当然、ご法度である。虎ノ門の「葡萄屋」が、まさにそんな店だった。「私たち、同じ年よね」というお姉さんが経営者。二つ年下の妹さんと、品のよい白髪の叔母さんが手伝っている。毎日、出かけた。カウンターの奥にわが指定席があった。

入って行くと、カウンターに顔見知りの先客がいらっしゃる。すると、

「そこは寺井さんの席なの。○○ちゃん、替わってあげて」と女主人。

「ああ、ごめん。いいよ」と馴染み客。

「あらっ、○○さん、ごめんなさいね。恐縮です」と詫びながら当然のように〝指定席〟に座る。昭和の終わり、一杯五百円のコーヒーが、七百円となった。

「この頃、お客さんが増えたでしょ。忙しくなってきたの。減ってほしいので」

値上げはしたけれど、常連さんは相変わらず顔を出している。映画「カサブランカ」に

出てきそうな太い梁が目立つ内装、一客数万円もするコーヒーカップ、気っ風のいい店主。コーヒーもぶ厚いトーストも美味しいとなると、はやるのは必然である。ポニーキャニオン社のそばで、テレビ東京にも近かった。店で神田うのさんや荻野目洋子（慶子？）さんを見かけたこともある。その店が、いわゆるマッカーサー道路の建設で閉店消滅した。

そこで行きつけは、四谷三丁目の「珈琲舎」に移る。カウンターだけの店で、ママやバイトの女の子が美形ぞろい。会話のレベルも高かった。偶然、半世紀ぶりに学生時代の友人に会ったのも、この店である。ママは結婚し、仙台に転居した。経営者が替わり、ランチを充実させたのだが、当方の足は遠のいて行った。

いま、都心に出向くと足を伸ばすのは、西新橋の「草枕」である。コーヒーの味はもちろん、店主ご夫婦も書棚のセンスも心地よく、本の背表紙を眺め、クラシックに耳を傾けている。銀座四丁目なら和光裏の「凛」、一丁目なら「十一茶房」。池袋では「梟（ふくろう）書茶房」だが、残念ながら新宿や渋谷に行きたい店はない。大山には「あおい」がある。川越の大正通りにもお気に入りがあるのだが、たまにしか行かないので名前は忘れた。

さらに、札幌は時計台近くのビルの二階、バーのような雰囲気の「ロックフォールカフェ」である。窓際のカウンター席が好みで、八か月ぶりに顔を出して置き忘れていたメガネを差し出されたこともある。那覇は、さくら坂を下りて青空テント広場にある一坪店である。両店ともコーヒーが口に合い、初老の店主と交わす一言、二言が楽しい。

## 「映画評」に再会

久方ぶりに、母校（私立札幌光星高校）を訪問する。I先生が迎えてくれた。彼は一回り年下で、高校のほか、大学でも後輩にあたる。しかし、大学院では、私の方が、後輩なのだ。二人とも通信制社会人向けの「院」に学んだからである。

光星の校舎は、すっかり建て替えられていた。観客席もある体育館に武道館。屋外には野球グランドとサッカー場。それに硬式テニスコートが、何面もある。

校内は、明るくきれいになっていた。かつての男子校が、いまは共学なのである。

「あのまま男子校でしたらね、受験生がたくさん集まらなかったかもしれません」と先生。

「そうでしょうね。文芸同好会では、香蘭女子校との合同合評会をやったものですよ」

「現在、あそこも男女共学校となっておりましてね、山の手高校といいますよ」

タイプ印刷の文芸部誌を持ち寄って合評会をやった相手校だ。わが同好会のF部長が、先方の小説を「この作品のテーマは、いったい何なんですか。何も伝わってきませんね」と酷評する。当方は「でも、面白いよ。それでいいんじゃないかな」と取りなす。

何日かして、女子高生二人が、郊外の平岸にあった、わが家に訪ねて来る。

「私たちと、合評会の続きをやりませんか」

その申し出を「受験勉強があるんで……」と断った。メガネのガリガリ女史や大根足のちょっと太目嬢には、正直、興味が涌かなかった（失礼！）のである。

それはさておき、Ｉ先生に「文芸部はどうなりましたか」と訊ねる。

「最近は部員が集まりませんので、休部中です」が答え。共学となったのにもったいない。ゴルフ部、フェンシング部、馬術部は、全国大会で活躍中とのことである。進学のほうも、当方がいたころよりは、難関校に合格するようになったと聞く。それだけに残念である。

「私、校内の弁論大会で、最優秀賞をとったんですよ。賞品が大学ノート三冊でしたね。それもあってか、新聞部に頼まれて、『映画評』も書きました」

そう言うと、Ｉ先生が探してくれ、「光星学園新聞」（第一〇七号、一九六五年）を見せて下さった。拙稿「『武器なき闘い』（山本薩夫監督）を見て」が掲載されている。山本宣治を描いた映画だ。「私はマルキストではない。ファシストでもない。ただ自由を愛する民主社会主義者だ」と思想表明まで行っている。

後輩先生は「自由なものですね」と驚いていた。

私の早熟ぶりよりも、学校の大らかさに感心したのであろう。灰色の高校生活と思っていたけれど、本当はバラ色であったのかもしれない。

## 搬送された病院

日曜日の午後、母から、父が両国の私立緊急病院に搬送されたと知らされた。一人で上野の美術館に行き、鑑賞中に倒れたらしい。とにかく病院に向かう。清瀬（東京都）からの私より、新検見川（千葉県）からの母のほうが早く着いていた。

「何度呼びかけてもね、お父さん、返事してくれないの」

母は、泣きはらしている。早速、医者に経過と見通しを訊ねる。「あのうですね、運ばれてきたときに、もう意識がありませんでして、それで……」と不得要領を得ない。三十手前といったところか。バイトの当直医なのであろう。すぐ北九州の産業医大に通っていた弟に電話した。彼は、医者の卵であった。

「アニキ、それ、おかしいぞ。医者に代わってくれ」

担当医と、何かやりあっている声が聞こえてくる。再び、弟に替わり「処置が違うと思うな。とにかく上京する」という。心強い。外に出て、民社党本部の元同僚の堺美穂子さん（当時、墨田区議）に公衆電話をかけた。事情を説明して病院名を告げる。

「えっ！　そこ、駄目。流行っていないところなの。救急車の隊員にお礼として酒二本を渡して入院客を集めている、と噂されている病院なのよ」

翌朝、都立墨東病院に転院できるよう手配してくれた。これで一安心と思っていたのだが、病室に戻ると容態が急変する。父は「ウォッ」と小さな声を上げ、すぐに逝ってしまった。六十五歳だった。

夜、霊安室。安置されている父のかたわらで、土浦から駆けつけてくれた伯父夫婦と語りあっていると、堺美穂子さんが「ご焼香をさせて下さい」とやってきた。塩むすびと香のもの、魔法瓶のお茶、大量の紙コップを差し入れてくれる。まだ、コンビニが普及していない時代（一九八四年）の話である。心遣いが本当に嬉しかった。翌日、司法解剖に回される。飯田橋の警察病院の診断によれば「死因は心筋梗塞である」とのこと。両国の病院では、当初、「脳梗塞の疑い」と診たてていたのである。明らかに誤診であった。

「お母さん、訴えようか」

「いや、やめとこう。裁判をしたってお父さんは生き返らないし、何よりも若い先生の一生に傷がつくのよ。うちにも、もうすぐ医者になる子がいるんだから……。それよりもお父さん、家に帰ったら軽自動車を運転して買い物に出かける予定だったの。そのときに発作が出ていたら、通行中の人を死なせていたのかもしれないし……」

不幸中の幸いだった、と言いたいらしい。それとは、別の話なんだけどなあ……。

弟は医者になり、診療と教鞭との二刀流で元気に働いていた。しかし、その彼、脳梗塞で倒れ、四年間の闘病で逝ってしまった。父より六歳、長生きはしたが無念である。

## 不意打ちの混浴

あれは、三十歳になったころの話である。三月のはじめ、盛岡市に出張となった。駅近くのセールスマンが商品を持ち込んで泊る商人宿につく。

夜九時であったたか、風呂に入る。町の銭湯ほどではないが、二畳ぐらいもある湯舟に浸かっていると「おばんです。ご一緒させてくださいね」とタオルで前を隠しながら、女性が入ってきた。五十代前半といったところか。少し太り気味だが、肌は白く、なめらかそう。器量も、ほんのちょっと上の部（失礼！）である。

午後六時から八時までが女性の入浴時間であり、八時以降は男性なんだけどなあ——。

「困ります」と告げる間もなく、彼女は当方と同じ湯舟の中へ。

ちょっと離れたところから、「お兄さん、何学部？」と訊かれる。

ナヌッ、俺は受験生か。

「社会人ですけど……」

「あらっ、失礼いたしました」

彼女の息子は、岩手大学（国立）を受験するらしい。いま、部屋で、最後の受験勉強中とのこと。一足先に洗い場で、身体を洗い始めていると、受験生のお母さんが背にやってきて「お背中、流させてくださいね」というではないか。そういえば、しばらく嫁に洗ってもらっていないよなあ。子供の世話が、第一なのである。それはともかく、母なる女の手際のよいことといったなら……。しばし、陶然となった。

「ありがとうございます」と礼をいって、また、湯に浸る。

お母さん、いや肉感の女性は、黒い長髪を洗い始めた。水浴びする女か。行水する女房なら、油絵か浮世絵の世界であろう。ぼんやり眺めていると、湯あたりしそう。そうそうに退散する。

部屋に戻って布団に寝そべる。天井を眺めていると、いま、さっきまで見ていた、白いふくよかな神様からの贈り物が思い出される。

本当は、「お返しに、お背を流させてください」と申し出るべきではなかったか。いや、そうすると、下心があると思われるのも、業腹である。また、不覚にも〝親の心、子知らず〟となって、身体の一部に変化がきたしたとしたなら、それはそれで醜態である。

否、あの年齢のお方なら「まあ、可愛いわね」と、ほほえまれるかも……。

そんなこんなに思いを巡らせていると、そのまま眠りについてしまった。不意打ちの混浴なんて、そのとき一回切りである。

## 絨毯（じゅうたん）と杖

土産は難しい。せっかく買って帰っても「あらっ、これ、何?」とお蔵入りとなるものがある。反対に重宝して、ずっと使い込んでいるものもある。その数少ない合格品が、いま居間に敷かれた二畳ほどの絨毯だ。白と焦げ茶の糸で紡がれた草花模様でトルコ製。

旅行ガイド氏に絨毯博物館に連れて行かれた。「世界の三大絨毯産地は、ペルシア（イラン）に中国、そしてトルコです。絨毯は使い込むほどに味が出てきて、高い値段で取引されるようになりますね。ここのは、トルコ政府認定の手織り本格派ですよ」の勧めと、機織（はた）り職人（若い女性）の実演を見て、購入を決めた。

イスタンブールから西安まで五十日間のバス旅行（一九九七年）でのことである。一千ドルもした。ほかに、送料（船便）が二百ドルもかかる。

それでも買ったのは、バグダッドのウダイ・フセイン・イラク・オリンピック委員長の執務室で、青色を基調とした豪華な絨毯をみていたからだ（一九九〇年）。それ以来、〝わが家にも絨毯を〟と思ったのである。

トルコからイランに入った。〝もう何も買わないぞ〟と心に決めていたのだが、馬の彫刻が握りとなっている杖を市場で求めた。当時は四十八歳である。歩く補助具としてではない。これから中央アジア四カ国を回る。散歩の護身用であった。

　旅の最終盤、その杖が中国の西安で活躍した。一人で街歩きしたら、大学病院の前に出た。入ってみたかったが、「部外者入構禁止」の貼り紙がある。それでは、と杖をつきつき足を引きずってガードマンが警備する入口を通り抜け、構内を一周した。掲示板の壁新聞風の連絡文が、文革時代の名残りみたいで面白かった。

　見学を終え、門を出て歩き始めたら、方角が分からなくなってしまった。暗くなってくる。タクシーも通らない。そこで自動車の修理屋を見つけ、送ってもらうことにする。助手席にも、修理工が乗り込んできた。相手は男が二人。もっと暗いところに連れて行かれて身ぐるみをはがされるのかな。そう思わぬでもなかったが、十分後、無事ホテルに着く。そうだ。こちらは杖持ちの外国人だ。不審者にも見える。きっと先方も、怖かったのだろう。御礼に十元払ったが、少なかったか。

　もう一つ、トルファン（中国新疆ウイグル自治区）で、干し葡萄を三キロほど買った。食べ終わらないうちに、トルコから絨毯が届く。「絨毯はいいものね」と、同居人のお褒めをいただいた。それはそうだ。私にとって、最高金額のお土産であったのだから。

　杖は帰国後、使ってはいない。いずれ歩行の補助用具として役にたつかも……。

## キャンペーンガール

民社党で「キャンペーンガール募集」を発案したのは、当方である。化粧品会社には、キャンペーンガールがいる。それなら政党にいてもいいのではないか。「政党で初。一年間の契約で、賞金百万円。プロ・アマを問わず」果たして応募者がくるのか。政党として一般公募というのはいかがなものか。党員の中で選ぶべきではないか。「ガール」と特定するのもおかしい。様々な意見があった。

それでも応募者が、二百六十数名となる。これには正直、驚かされた。顔写真と履歴書。特に応募動機の欄を重視して、私ほか党本部職員が書類選考を行い、百名に絞った。二次選考は、虎ノ門の党本部で実施する。テレビ局のプロデューサーやカメラマン、党幹部らが正式の審査委員だ。裏の仕掛けも作った。若い女性職員を、控室の庶務担当として配置。化粧室にも顔を出してもらう。「六十九番と八十番の子、タバコをふかしていました」とか、「四十二番の子、いい男がいないわね、ここは、といっていましたよ」とか、いくつもの報告が上がる。同性・同世代の目も参考にして第二次合格者を二十名選んだ。

神谷町の虎ノ門パストラルで、最終選考会を開く。スポーツ各紙や写真週刊誌からカメラマンが集まり、各紙・誌面を飾った。広告代に換算したら、と成功に気をよくした。

初代キャンペーンガールが戸田薫さん。彼女はポスターのモデルのほか、司会や応援演説の弁士まで幅広く務めてくれた。党の内外で人気者となる。誰も、もう疑問を挟まない。解党まで、五人のキャンペーンガールを生んだ。いずれもスタイル抜群。清楚な感じの美形である。性格も素直で一所懸命に務めてくれた。

二代目は清潔感あふれる市川紀子さん。NHKの朝の連続テレビ小説「和っこの金メダル」のヒロインにも選ばれた。しかし、公共放送の主役が〃政党の顔〃兼任でもよいのかと批判報道が出て、降板させられてしまう。わが方はヒロインを務めるなら、契約を解除してもよいと譲歩していた。結局、所属事務所とNHKに問題があったのだ。そんな〃事件〃もあって、応募者が増える。テレフォンカードほか器材のモデルも務めてもらった。

第三代の青木美香さんは、瞳の大きな美人。写真集も出し、好評を博する。

第四代は片岡礼子さん。応募時、工学部の現役女子大生で「夢はアフリカでの井戸掘りです。父が同盟組合員で読んでいる『週刊民社』に募集要項が載っていましたので」と動機を語っていた。芸能プロの勧めによる応募者が多かった中、新鮮であった。卒業後、女優の道へ。ブルーリボン主演女優賞もとる実力派となった。いまでも下北沢での舞台公演などには、旧民社の仲間と観に行っている。時々、テレビでもお見かけするが……。

第五代は畠山明日香さん。文才があり、「週刊民社」で連載コラムを受け持ってもらう。人気ものとなって行った。ところで、いま、みんな何している？

## 目張りとお湯かけ

六十年前の札幌の冬備えは、十一月の大根干しから始まる。沢庵漬けのためだ。師走に入ると、ニシン漬けも作っていた。材料は大根の三角切りやキャベツ、そして磨きニシンなど。何よりも、米麹漬けである。一斗樽に漬け込んで重石を置き、屋外の物置で貯蔵する。粗い木造であったため、雪も吹き込む。吹雪が襲った日の翌日などは、樽の上にうっすら新雪がのっていたりもする。薄く張った氷を割って、その下のニシン漬けを取り出す。石炭ストーブがたかれた温かい部屋で食するちょっと冷たい漬物は、シャキシャキ、ガリガリ。ご飯と合う。大人たちの酒やお茶も、進んでいたようだった。

上京して食べたいと思っていたら、高校の同級生・山本亮一君から、母上が松戸で漬けられた貴重品をいただく。残念ながら、故郷のひんやりした味ではない。

「オフクロがな、『材料も、漬け方もまったく同じなのに、北海道のようには、うまく漬からないの』と嘆いているよ」

そんな報告も、あった。気候が違うということか。マンションの北側のベランダで、ビニール製のバケツで漬けていたそうだが……。

もう一つ、わが家の冬備えといえば、目張りである。ご飯の残りを使ってノリを作る。新聞紙を八センチぐらいの幅に切る。外から、その新聞紙を窓枠に張り付けて行くのである。したがって、冬季間、窓を開けることはできない。たとえ二重窓の構造であったとして、建て付けの悪い木造家屋では、冬の厳しい寒さには耐えられない。それへのささやかな自衛策として、窓が開けられないことなど、我慢しなければならないのだ。

我慢できない、と思ったのが、糞尿の始末である。

当時のわが家は、汲み取り式であった。真冬であっても、貯まるものは貯まる。雪が深くなっているので、業者のバキュームカーのホースなどは入らない。仕方がないので、沸かせたお湯を持って行って、盛り高くなっている凍った汚物を、溶かして行く。そうすると、あら、不思議。また、新たに入るスペースができてくるものである。

冬になると、スキーにスケート、そしてソリと、ウィンタースポーツが盛んに行われる。だが、私はそれらが苦手。その代わり、畑に雪で固めた土俵を作り、相撲をよく取った。横綱吉葉山が好きだったので、不知火型の土俵入りも覚えた。安念山の下手投げや明武谷の吊り出しを試みてみたが、本職のようには決まらなかった。

中学に入るころ転居する。新しい家は、目張りもお湯かけも必要がなくなった。

## サマルカンドで水彩画

古稀を過ぎると、旅仲間が減った。一緒に海外旅行に行っていた後輩も、「近場の温泉にしときましょうよ」と情けないことをいう。一度、世界史を動かしてきた主要都市、ロンドンやベルリン、それにモスクワにも行っておきたい。北京とワシントンは、何度か行っている。今後の発展を考えれば、ニューデリーとジャカルタもはずせない。

再訪したいところは、バクダッドやテヘラン。加えてサマルカンドである。

ウズベキスタンのサマルカンド市には、ツアーもたくさん出ているから、それを利用すれば簡単に行ける。しかし、それはなるべく避けたい。前回（一九九七年）は、イスタンブールから西安まで、七カ国五十日間のバス団体旅行であった。

午前の日程で、三つのマドラサ（イスラム教の高等教育機関）が建つレギスタン広場や庶民の市場を見てまわった。ウズベキスタン料理の昼食を、屋外の絨毯レストランで済ませる。オアシスの傍だった。鴨川の川床料理みたいである。

ホテルに戻って、昼寝をした。一時間ほどで起きる。さて、何をするか。

町をブラブラ歩き、またレギスタン広場に出た。午前は団体観光客だらけだったが、今度はカップルが多い。こちらは一人。こんなことなら、同じツアーのお姉さま方でも、誘えばよかったかな。当方は、男性参加者の最年少四十八歳であった。

広場では、午前中に見かけなかった若い絵画売りが出ている。

「自分で描いたの」

「ハイ、そうです」

「絵描きさん？」

「ええ、タマゴですけどね。美術学校で習っています」

それでは買おう、となった。2号ほどの水彩画である。ブルーのマドラサやモスク、ラクダ連れの隊商などが描かれていた。淡く、さわやかな粒ぞろいである。

「おいくらです？」

「この小サイズですと、一枚十ドルですね」

「三枚だと、いくらにしてくれるの？」

「三十ドルです。でも、二十五ドルに、おまけしておきますよ」

そう言われたけれども、交渉して、三枚二十ドルで買ってきた。実際は、それでも少し高く買いすぎたのかな？

いや、そうとは思わない。いま、居間に額に入れた絵を飾ってある。時分どき、シルクロードの絵を見るとホッとする。だいいち、サマルカンドの絵描きさんが喜んでくれたしなあ。広場の午後四時は、くつろぎを与えてくれたのである。次回は、夜に訪れたい。

## 菊水荘

昭和四十一（一九六六）年春、上京。伯母の家の近く、北池袋駅から数分（池袋本町）の木造二階建てアパートに部屋を借りた。三畳間で一ヶ月三千円。座り机と小さな本棚、チッキ便で運んだ布団一組が、家財道具のすべてである。浪人生活の拠点ができた。

隣に山形出身の大学生が一人。後は社会人ばかりだ。夫婦者（同棲？）もいる。二階に七十歳ぐらいの女性がいた。大家のキムさんであった。北海道の友人が泊っていくと「困るわね、契約は一人でしょ」。そこで、友が持ってきた土産のおすそ分けを持って行き、「田舎から来たので、今晩だけよろしく」と頼む。

「あらっ、悪いわね。いいわよ」と、瞬時に大家の機嫌がよくなる。

築三十年以上は経っていたか。共同台所にはガスコンロがあり、トイレも共同であった。洗濯場があったかどうかは、覚えていない。

ある夜、ドアを叩く音。開けてみると、身体のがっしりした男が立っていた。

「夜分遅くに、誠に申し訳ありません。昨日の深夜のことですが、入口近くの部屋から、ひとの泣き叫ぶ声が聞こえませんでしたか」

「いいえ、まったく聞こえませんでした。ぐっすり寝ていましたので」

「争う音なども……」

「それも聞いておりませんよ。何かあったのですか?」

「いや、失礼いたしました。事件がありましたので」

名刺に警察署が書かれてあった。入口にいちばん近い部屋で、婦女子への暴行事件が起こっていたらしい。なんて、こった。危ない系が住んでいたのである。

また、別のある夜、ドアをたたく音。今度は、廊下を隔てた向かいの四畳半の奥さん(?)だ。年のころは、三十そこそこといったところか。豊満系であり、「学生さん、お醤油貸して下さりません?」だって。貸すのはやぶさかではありません。でも、そのネグレジュ姿、なんとかしてくれませんか。目のやり場に困る。

二週間ぐらい経って、今度はご主人が血相を変え「うちのを知りませんか。電気コタツまで持って出て行ったので」。腕のいい寿司職人と聞いてはいたが……。

一年経った。春から大学生となる。大家のキムさんがやってきて「学生さん、お世話になったわよね。故郷に帰るので」と立ち退きを求められた。「どこへ?」の問いに「祖国へ」が答え。「本当に帰るの。あちらの生活は大変だと聞いたよ」と疑問を呈しておく。「ありがとうね。もう決めたことだから」。決意は、揺らがなかった。

池袋二丁目に移る。四畳半で月四千円。しばらくして菊水荘を覗いてみると、社員寮の看板が掲げられてあった。キムさんは故郷、北朝鮮に帰ったのだ。

## 「可山」先生

百点満点の試験で、四点をとったことがある。高校二年十月（一九六四年）の中間試験、課目は物理だ。いつも一夜漬けで乗り切ってきたのだが、ときは前の東京オリンピックの真最中。男子体操や女子バレーボールを見過ぎてしまった。ぶっつけ本番で試験に臨む。

「本当に、君らはできなかったなあ」

担当教師があきれていた。次の期末試験前には「ここが今期のポイントだよ」と十問を例示してくれる。その中から四問が出題されていて、百点をとる。このおかげで中間の四点を足して平均五十二点となり、無事、赤点（単位未修）を免れた。

理数系が苦手なこともあって、東京の私大文科系を目指す。しかし、日本史、国語は得意だったものの、肝腎の英語がまるで駄目。やっと入った大学も学園紛争中。当方は学生運動（穏健派＝民社党系）に熱中する。最低の単位取得ライン「可」ばかりとなった。当時、三学年までに、「優」が二十個に未達の学生を「未成年」と称していた（二十個以上だと、上場企業に推薦される）。中でも出来の悪い学生は、「可山優三君」といわれてもいた。

そのせいでもないが、就職試験を一つも受けることもなく、政治活動を職業とする。主に広報を担当していたこともあり、その後、新聞記者となった。

五十五歳を前にして、編集局から総合企画室に移動となる。定時勤務である。時間ができる。真っ先に考えたのは、勉強し直すこと。大卒といっても、まるで勉強をしていない。それまで教養不足を感じることが多々あったのだ。

通信制大学院に入った。それから二年、朝四時に起きたりもして、四千字のレポートを四十本書き、一万字を超える修士論文も提出。口頭試問もこなし、成績はオール「A」でしたよ（もっとも院生は「A」が多い）。学費を、親ではなく自分で払ったご褒美かな？

その「可山」君が、二つの大学で教えることになった。授業は難なくこなす。問題は試験だ。どうしたらよい成績をとってもらえるか。教務課から「就職が内定している四年生も受講しておりますので、ご高配を」とのプリントも回ってきている。だから「ジャーナリズム論」も、やさしい問題にした。けれども解答用紙は白っぽい。翌年から「新聞について」とか、「テレビについて」といった意見を求める問題も出す。何か書いてあれば、大きく加点するつもりであった。

ところが、「意見はありません」と書かれているではないか。万事窮す。「ボォッと生きているんじゃないよ」とどやしつけたくなる。でも、次から、試験前に「何でもいいですから、自分の『意見』を五行以上は書いて下さいね」と呼びかけることにした。

## 四人そろい踏み

正月早々、岡田賢太郎君から「静雄が危ない」と電話があった。膵臓癌が発見され、余命二、三ヶ月だという。

ぴんと来た。一人で見舞いに行くのが怖いんだ。彼らとは大学一年の頃の文芸サークル仲間。同期である。もっとも齋藤静雄君とは半世紀以上、会っていない。学園紛争が激しくなり、当方がサークルを離れたからだ。翌日、浦安の病院に向かう。

「やあ、お前も来てくれたのか」

静雄君が、驚いていた。

「思いのほか、落ち着いているな」

「そうでもないさ、十二月六日に発見されたんだ。ステージ5と言われてね、暮れまで、のたうちまわっていたよ。年が空けて、みんなに会う気分となった」

少しばかりの見舞い金を差し出す。

「悪いけどな、受けとれないいんだな。死んだらさ、お線香だけはあげに来てくれ。香典もいらないよ。女房を煩わせたくないんで」という。旅立ちの段取りもつけてあるらしい。

「八歳年上だからさ」と笑っていた。お茶の先生でもある奥方は「八十歳になる」とのこと。

了解である。

その翌日、岡田君から、また、電話があった。

「静雄から連絡が来たぞ。喜んでいたよ、お前に会えて。それでね、彼が今度出す同人誌の『神楽』に書いてくれってさ。四百字詰め十枚だからな。頼んだよ」

経費の多くは茶道具商だった齊藤君持ち。書き溜めてあった詩を発表したいらしい。

「わかった」

即断である。五十数年ぶりに短編の創作に取り組むことにする。

三月二十一日（二〇二〇年）、その静雄君が死んだ。葬式が二十五日に仏式で執り行われる。参列者は三十数人。北方謙三君が来ていた。彼もサークル仲間である。

「静雄とは、二年に一度ぐらいは会っていたかな。『お前は書かなくてもいいぞ。カネだけは出せ』と言われ、『百騎』（同人誌）にカンパをしたこともあったよ」

漢気（おとこぎ）を出したのである。いくらであったかは訊かなかった。

読経が終わった。お棺へ、花の詰込みが始まる。北方君が喪主の奥さんのところに歩み寄り、「これ、入れてもらえますか」と喪服の内ポケットから生原稿を取り出して手渡す。創刊する『神楽』に寄せた手書き原稿だ。彼は、パソコンでは書かない。そのコピーは、既に印刷所にまわっていた。「直筆を静雄に読んでもらいたいので」が北方君の弁である。

岡田、北方、斎藤、寺井の四人そろい踏み。同時掲載は、初めてであった。

## 三番目の男

あれは小学校五年生のころか。T子ちゃんの誕生パーティーがあった。当日、男の子が三、四人、女の子がその倍は招かれていた。居間でケーキや果物を食べ、ゲームが始まった。一人離れて、書斎に行き、図鑑を見せてもらっていると、T子が入ってきた。

「この機会だから、いっておきたいことがあるの。実はね、あなたは三番目なの。一番目はF君で、二番はA君よ」

突然の宣告である。両君ともスポーツ万能で、勉強もできる。何よりも容姿でかなわない。二人はイケメンなのである。それにしても、彼女とは学級委員長も生活委員も、一緒だったのになあ……。

T子は藤女子（私立）に進み、当方は公立中学へ。疎遠になって行った。

しかし、その後、二人とも東京の私大に進学して、交流が復活する。「断然ローザールクセンブルク（ドイツ共産党の女闘士）がいいわよね」という全共闘かぶれを正したり、異性の友の話をしあったり、将棋を指したりと、幼馴染との時間は楽しいものであった。彼女の母上が上京の際は、食事をごちそうにもなった。

学士会館での結婚式の案内状がきた。出席してみると、新婦側の友人席は女性ばかり。

隣の席の女性に「寺井さんですよね。T子から、かねがねお噂は聞いておりましたよ」といわれる。

それよりも、新婦の父上から「本日はありがとうございました。うちでは寺井さんと結婚するのだ、とばっかり思っておりましたから」と丁重に挨拶されたのには、正直驚いた。「たしかに、仲はよかったんですけどねえ、それに、もうすぐ当方も結婚しますし……」

それから先の言葉は、呑み込んだ。

東京で、小学校の級友たちによる飲み会があった。ひとりが「T子、いま、どうしている？」と聞いてきた。「元気らしいよ」と答えた。「俺、お前たちが結婚すればいいのに、と思っていたよ」。「友達ならいいけどさ、彼女、純粋だからね、それに三番目だったから」と経緯を述べた。みんな、笑った。

六十を越えたある日、彼女から電話があった。もうひとりのクラスメイトと三人で会うことにする。彼も当方と同様、彼女の親衛隊みたいなものだ。日本橋三越のライオン像の前で待ち合わせした。「寺井君」と声をかけられ、振り返ってビックリした。しばらく会わないうちにすっかりふくよかになっていた。しかし、小さな顔に笑窪がくっきり。少女時代のまんまである。

彼女の事務所の悩みを聞くはずだったが、昔の話で盛り上がった。私生活については、聞かなかった。

## 生意気な「答え」

読売新聞の「論壇時評」で、激賞されたことがある。評者は大島康正東教大（現筑波大）教授。当方が所属していた学生運動の機関紙（『民社学同新聞』一九六八・一一・二〇）のコラム「藪睨（やぶにらみ）」に、「私は右翼と呼ばれている」と書いたことを、「勇気ある発言」とほめていただき、全文が転載された。有頂天になる。

当時、社思研（社会思想研究会）の住田良能先輩に「君は何になりたいのか」と問われ、「新聞記者がいいですね。コラムなんかも書きたいですから」と答えた。

余談ながら、同じ紙面で、大島先生から高く評価されていたのが、早大国防部の森田必勝君である。あの三島事件で、三島氏に殉じた「楯の会」学生長だ。実は当方、彼に一度だけ会ったことがある。神奈川大学で、「大学問題シンポジウム」にパネラーとして出席した際、日学同関係者（たしか宮崎正弘さんではなかったか）から紹介された。がっしりした体型でスポーツ刈り。「国防部の森田です」と名刺を渡される。きびきびとしていた。

話を戻す。

大学卒業と同時に、民社党本部に入った。大学三年生のころから誘われていて、一社も受けずに決定した。配属は組織局だった。だが、二年目から理論誌『革新』の創刊、そして編集を任せられる。A５判で二百頁を超える月刊誌。編集スタッフが四人だった。多忙をきわめる。愚痴を「編集こぼれ話」として書き、発散する。

党本部の先輩、伊藤郁男さん（後に参議院議員）から、「うちの小六の息子がね、『革新』を持って帰ると、まず君の『編集こぼれ話』を読むんだな」と言われる。このご子息は、正幸君といった。彼は、後に出版社に入り、いまは独立して、「いとうせいこう」名で、小説、エッセイ、俳句、それにマルチタレントとして活躍されている。

何はともあれ、民社党は解党する（一九九四年）。新進党本部職員や西村眞悟代議士の政策秘書も勤めたが、あまり役に立たず、政治関係の仕事を辞することを決意した。

さて、何をするか。次の職は決めていなかった。二カ月ほどして住田先輩から携帯が鳴り、「ランチでもとらないか」と誘われる。産経の五階（旧社屋）でカレーライスを食べた。

「たしか、学生時代に『新聞記者になりたい』と言っていたよな」

「ええ、そう思っていたときもありましたけれど……」

「よし、わかった。うちに来い。面接試験を受けろ」

先輩は、産経新聞編集局長（後に社長）となっていた。当方は産経新聞記者（所属は夕刊特集班）となる（二〇〇〇年一月から）。満五十二歳の転職であった。

## めめしい男

現在、〝終活中〟という後輩に会った。

「肝臓癌ですからね、いつお迎えが来てもおかしくないんですよ。コロナウィルスにとりつかれると、イチコロですし……」

紫煙をくゆらせながら、淡々と語る。

「そんなこともあって、『断捨離』を始めたんです。実は、捨てられないものがありましてね。実家に隠して置いていたラブレターなんかが、正にそれです。両親が死んで、家をたたんだので、うちに持って帰ってきていたんですが……」

それが、箱いっぱいほどだ、という。

小さな菓子箱なのか、柳行李ほどのダンボール箱なのかは、聞きもらした。彼、新しいガールフレンドができると、ピアノバーやオイスターバーに連れて行き、コースターやナプキンに即興の詩を書いて、さりげなく手渡す。あくまでもやさしく、マメなのである。とりたてて甘いマスクというわけではない。身長が百八十チセンぐらいはあるか。細身で、しかも声が低い。独身女性から手作り弁当など、よく差し入れがあったことは知っている。

そこで、当方が一言。

「俺もさ、その種の手紙、少しあったんだ。結婚するときに全部焼いたよ」

ビックの緑のボールペンで書かれた詩、ひまわりが描かれた水彩画の暑中見舞い、留学先のヨーロッパから寄せられた近況報告などを思い出していた。

そういえば、若いころ、先輩にこんなことを言われたこともある。

「お前の話、聞いているとな、まどろっこしいんだ。その子とやったのか、まだなのか。男と女というのはな、エッチしてなんぼだぞ。そこから女の本性も見えてくる。ややこしいことも、いろいろ起こるんだ。お前のはママゴトばかりだ」

その先輩、二度、離婚している。

「三度目の妻は、突然、出て行ったんだ。バンドマンの追っかけをやっているみたいだね。そのうち、帰ってくるだろうと思って籍は抜いていないよ」

どのくらい経ったんですか、とは訊けなかった。

お姉さま方に、この種の話をしたなら「男っていうものは、つくづく駄目よねえ」と、一笑にふされることだろうな。いま、当方、あの焼いてしまった手紙や葉書を写真にでも撮っておいたらよかったな、と思っている。

それはさておき、「めめしい」は、なぜ「女々しい」と書くのか。

「女は過去の男を思い出さず、男はいつまでも過去の女を偲んでいる」

そう、巷で言われてきているではないか。ところで、これって、本当？

## 幻の先輩

中学三年生のとき、転居した。同じ札幌市内だが、古くからの住宅地である南十一条西十七丁目(中央区)から、新興住宅地になりつつあった平岸六条九丁目(豊平区)の建売住宅へ。平岸霊園の近くであり、いわば都落ちである。

本来、伏見中から平岸中に転校すべきところなのだが、「友達と別れるのは嫌です」と抵抗し、学校にも遠距離通学を了承してもらった。中学まで、自転車で四、五十分かかる。途中に田んぼやリンゴ園、ホップ農場もある。豊平川を渡る際は、川の流れや藻岩山も遠望でき、中心部育ちだった当方には、新鮮であった。

自転車通学にも慣れだした、秋の帰宅途上のことである。

「君には君の夢があり、僕には僕の夢がある」

北原謙二の「若い二人」を口ずさみながら軽快に走っていると、サァーと追い抜いて行くホンダのスーパーカブ。負けてなるものか。ペダルを踏み込んで追走する。

ガシャン。前のカブが、横から飛び出してきた軽トラックと激突したのだ。あわてて追いつく。カブは横転し、運転していた青年の腹部からドクドクと血が流れ出している。軽トラの中年運転手は、そばで「ああ、どうしよう」とオロオロ。「介抱していて下さい」と言い残し、公衆電話ボックスに駆け込んだ。一一〇番する。数分して救急車とパトカーがやってきた。警官に目撃証言もする。その晩、食卓に肉料理が並んでいたが、手をつけることができなかった。翌日の朝刊で「札幌南高校一年生死去」と報じられていた。

冬になる。バス通学を始めた。

伏見から市営バスで幌平橋に、そこで定鉄バスに乗り替える。楽しみとなったのは、たまに一緒になる南校一年の女子高生。黒く大きな瞳で清楚。いつも文庫本をかかえている。石坂洋次郎の青春小説に出てきそう。「彼女が先輩になるのか」と一人うっとりした。

当方は中学で中の上ぐらいの成績でしかなかったけれども、南校に進学できると勝手に決め込んでいた。というのも、三年の二学期から母のすすめで、近所の中学教師宅に英数を習いに行っていたのだ。そこに、地元の中学生が二人来ていたが、できがいま一つである。しかし、クラス上位だと聞く。「なあんだ」と思った。

受験勉強と称して、小説ばかり読んでいた。冬休みの宿題、小説十枚の執筆にも精を出した。その結果、南校は不合格。これで文庫本の女性と会えなくなる。

後に、南一条通りの丸善書店の二階で、彼女を見かけた。でも、声はかけられない。幻の先輩とは、それっきりである。伏見中の友人たちとは、いまでもよく会っている。

## 「教えてくれよ」

一回り年上の先輩、清水良次さんが何カ月ぶりかで職場（民社党本部）に顔を出した。先輩は衆院徳島選挙区の候補者だった。落選。もともと色黒のほう。しかし、このときの極端な黒さといったら、昔は黒光りしている感じであったがカサカサしている。色艶がない。「お疲れ様でした」。疲労困憊の体であった筈。でも、挨拶に来られたのだ。

「とにかく、病院に行かれたほうがよいですよ」

「うん、そうするよ」。いつもなら「大丈夫さ」という人が、あっさり勧めに従うという。毎日、午前様のクチ。豆タンクの体型で、よく新聞記者と飲み歩いていた。当方は、たまにしかつきあったことがない。その数少ない機会でも、よく飲み、よく喋り、といって他人の陰口をいうのでもなく、楽しい酒だった。彼の選挙では、広報器材の製作で、後方支援を務める。そこであの日、御礼と報告に来たのだ。

翌日、先輩は病院に行き、数々の検査を受けて、そのまま入院した。見舞いに行かなきゃ、と気にはなっていたけれど、一ヶ月あまり経った。

朝、総務の阿部翰靖さんから「清水が危ない。明日までの命だと連絡が入った」と知らされた。仕事を片付け、夕方、同僚の林幸雄さんと、病室を訪ねる。

「やあ、よく来たな」

　声は細くなっていたが、顔には赤みがさしている。元気そうじゃないか。

「今日はな、朝から、やけに見舞い客が多いんだ。お前は裏表なく、はっきりものをいう男だから訊くが、俺、もうすぐ死ぬのか？　頼むから教えてくれよ」

　剛速球である。ここでたじろいではいけない。こちらも速球派。ストレートな物言いを心がけているたちだが、それでも、デリカシーだってある。

「ナニ、馬鹿なこと言っているんですか。『憎まれっ子、世にはばかる』というではありませんか。早く治して下さいよ。また、一杯やりましょう」

　そう言い返すのが、やっとだった。

「人間、簡単に死ぬものではないですよ」

　そうとも言いたかったが、それは呑み込んだ。林さんが「三人で飲みましょう」と合いの手を入れてくれる。帰りに林氏と一杯、という気分にはなれなかった。

　翌朝、危篤。耳もとで家族が「佐々木委員長（民社党）が、もうすぐ来られますからね」というと、病床の清水さんはうなずいて、委員長の見舞いまで持ちこたえたそうな。死亡予定時刻を二時間、先延ばしにしたと聞く。

　後日、佐々木良作さんは、丹波但馬（兵庫県）の選挙区に帰る際、徳島の清水家の墓に立ち寄られる。最高幹部にも、職場の後輩にも愛された男だった。

# ラシオの食堂

もう一度行きたいといえば、二十数年前に訪れたシャン州（ミャンマー）のラシオである。最大都市ヤンゴンから一時間半飛ばなければならない。中国国境寄り。援蔣ルートの中核都市である。かつて重慶政府軍との戦いの最前線だった。日本軍が駐屯していたのだ。

郊外に日本兵が入っていた温泉もある。現在のそこは、入口に「歓迎光臨」の看板。お祭りの夜店のような土産物屋や射的場を抜けると、池のような巨大な露天風呂があり、地元の人たちはロンジー（民族衣装）を穿いたままに入浴していた。当方は素っ裸で入りたい。バンガローのような貸し切り個室のバスタブを利用する。

町には、中国からの商人も多い。シャン料理の定食屋に入った。シャン料理は雲南料理と似ている。豆腐や納豆も常食としており、野沢菜みたいな菜っ葉類も豊富である。おひたしや漬物として出してくることもある。食堂は地元客や雲南人客で混んでいた。

中年男性ガイド氏と二人で、奥のテーブルに座る。やっと十代といった少女が注文をとりにきた。身長は百五十センチに満たなかったか。小柄。切れ長の目である。シャン族であろう。映画「にあんちゃん」の二木てるみに似ていた。清潔でこざっぱりしている。

ビルマ族のガイド氏に「冷や奴も頼んでね。それに野沢菜漬けも」と指示。それを聞いていた店員嬢に「あなた様は、日本人でいらっしゃいますか」と訊かれる。

もちろん「はい」だ。ところで「流暢な日本語、どこで覚えたの？」。

「祖父です。日本の兵隊さんに教わったそうです」

そう答えた彼女、「ちょっと待っていて下さい」と奥に下がり、薄い本を持ってあらわれた。表紙はぼろぼろになりかけている。日本語の教材であった。

「会話練習のため、ラジオを聞いています。日本人のお客さんが来ないので」

ラシオは第二の都市、マンダレーから三百キロも離れている。汽車で十六時間もかかり、温泉好きだって足を伸ばす人は少ない。その昔、日本軍の元兵士たちが、戦友の慰霊や戦地巡礼で一度は訪れたかもしれない。しかし、寄る年波には勝てずとなっている筈。

「日本語を覚えて、日本と関係する仕事をしたいですね。祖父は『日本人はやさしかった』と言っていましたから」とほぼ完璧な日本語で語る。

「違うテキストがほしいですね。会話テープも聞きたいです」とも言われる。「日本語の教材を持って、また来るからね」と約束したのだが、再訪はしていない。

彼女の日本語、上達したことだろうなあ。身体も成長している？

熟女となった彼女との再会は、ちょっと恐ろしい気もする。

シャン料理は、さっぱり系である。ビルマ族の料理のようにピーナツ油を多く使われないと聞く。ひょっとすると厨房には、日本料理の味が伝わっていたのかもしれない。

## 謎かけ

新宿コマの裏手、雑居ビルの二階に、その店はあった。友人の宮坂幸伸君に誘われる。彼は馴染みらしい。小ぶりだが、カラオケは置いていない。もっぱら酒とホステスとの会話（音楽、芝居、映画、本といった類い）を楽しむ落ちついたバーであった。

若いホステスが、二人つく。友人は、「ワタシ、短大生なのヨー」と妙に語尾を伸ばす、甘ったるい娘にメロメロ。髪はロング。目もとが青く、胸は大きい。タヌキ顔である。

当方には、ショートヘアーの面長嬢・由美子（仮名）が、相手をしてくれた。キツネ顔の色白。細身である。外見、蒲柳の質のよう。そうではあっても、陰気ではない。巻き舌で、べらんめえ調。渋谷と日比谷が、はっきり聞き取れない。

「よく、そう言われるの。こう見えても、深川生まれの深川育ちよ」

「ちゃきちゃきの江戸っ子なんだなあー。なぜ銀座じゃないの？」

「だって、銀座は家と近いしね、それに、もうすぐ二十五になるのよ」

同い歳である。当時、〝売れ残ったクリスマスケーキ〟と言われていた。

それはともかく由美子嬢、当方の右手に軽く触れて、「指が細くて長いし、きれいなピンク色の爪よねえ。羨ましいわ」だって。同世代の女の子に、お世辞を言われて、ちょっぴり舞い上がった。友はとなりで冷ややかに聞いている。軽く飲んで一万円ほどの店であった。手取りが四万円を越えたばかりの身にとって、めったに行けるものではない。それでも次の給料日、また出かけた。今度は一人である。由美子がつく。

「お願いがあるの。今度、家を借りたいの。探すの、手伝って下さらない？」

「それは、いいけどさ。どんなところを……」

「店に来るのに、三十分以内のところ。安いほうが、ありがたいわよね。陽当たりは少々悪くてもよいから……。八万円以内なら出せるわ」

エッ！　である。拙宅は一万三千円。六畳（居間兼寝室）と三畳（台所にトイレ）の木賃アパートに住んでいたのである。池袋西口から歩いて二十数分もかかっていた。なんだか馬鹿馬鹿しくなってくる。そのバーに足が向かなくなった。

「それは謎かけだったのかもしれないぞ。一緒に住もう、という……」と宮坂君。

世慣れた常連さんの分析である。

「それはない。絶対にない。オカネを持っていると見えないものな、俺」

「いや分からないさ。世の中には、お前みたいな朴念仁に惚れる女だっている」

「指だけさ、気に入れられたのは……。彼女ら、実にシビアだよ」

稼ぎがよかったら同棲を経験しておくのもよかったかなと、齢が七十半ばとなった〝毎日が日曜日〟のジジイは夢想している。いま、由美子嬢は総白髪なんだろうなあ。

# 正解は西瓜

あれは一九八〇年頃、佐久平（長野県）の朋さんの実家に泊った。築四百年を越える旧家である。門構えは重厚。母屋に何部屋もあって、梁も太い。軽井沢までドライブに行って、寄らせてもらった。仁さんほか六、七人はいたか。青年代表団として、三週間の中国旅行（一九七五年）をしてきた仲間たちである。

ナス、カボチャ、ジャガイモ、インゲンといった地元野菜と海老の天婦羅。レタス、トマト、キュウリなど高原野菜を食材としたサラダ。山菜と高野豆腐の煮物。それらと角煮といった山海の珍味が、横長の大テーブルいっぱいに並ぶ。ご両親やご兄弟、その子供たちも加わり、二十名にせまる大宴会となった。

とにかく飲み、食べ、喋る。そこに、軽自動車による配達があった。佐久名物〝鯉の活け造り〟の登場である。体長四十センチ以上もある巨大鯉。身は切り刻まれているのに、口はいまだパクパクしている。おそるおそる箸をつけてみた。コリッとしていて旨みがあり、何切れもいけた。ご飯と香の物、信州味噌による椀もあって食事を終えた。ああ、満腹！

そう思っていたら、お盆に西瓜が乗せられて運ばれてくる。まず一口。

「美味しいですよねえ」。東京からの一同、感嘆である。
「そうかなあ、門前の水路に、ただ浮かせておいただけなんで」と朋さん。
湧き水を水源とした疎水が通っているから、といいたいらしい。
「そう言えばさ、北京で、西瓜を売っていただろう」と仁さん。
「そうそう、西単市場だよ。道路脇にトラックを止めてね」と私。
「一切れ、十角だったかな。味はよかったんだけど、生あったかくてさ……」
「ビールにも、生ぬるいのがあったよねえ」。中国での思い出話が続いた。

話は替わる。五〇年代、わが家に冷蔵庫がなかった。水道もなく、手押しポンプで地下水を汲出す。風呂桶に水を張り、買ってきた西瓜を投げ入れた。いわば井戸冷やし。二、三時間たってから、家族全員で食べた。父は「出っ歯だからね、早いんだよ」。たちまち二切れ目に取りかかっている。指でポンとつま弾いて、買ってきた西瓜に外れはない。
また朋さん、仁さんとミャンマーに行ったとき（一九九六年）、マンダレーヒィルの四つ星ホテルに入った。ウエルカムドリンクが出される。赤みが濃く、ドロッとしたジュースでしてね、マンゴージュースよりジュシー。味わい深い。両氏とも「これッ！　なんだ？」と声をあげている。正解は地元産の西瓜でした。充分に冷えていて、美味しかった。

## 「ラジオ深夜便」

最近、夜中に目が覚めることが多い。寝床であれこれ考えることはしない。思い切って起きる。ラジオをつける。熱い焙じ茶を飲む。ひとりの楽しみだ。

五十二歳で新聞社に入った。社会部所属で、夕刊特集班だった。九日に一度、本社で「朝刊当番」となる。一番の下っ端だから、天気予報、宝くじ、死亡記事ほか、雑報の出稿を担当する。数字や固有名詞など、神経の使うところも多い。もちろん小ゲラ、大組校正もやる。最終的には、校閲部の管轄だが、出稿記者や担当デスクの一次、二次校正が欠かせない。

午前一時になると、若手による買い出しがある。記者から千円、デスクからは二千円集め、新聞社相手の〝シャープ兄弟の店〟が通り名のオデン屋台に行く。大手町には読売、日経、産経があった。いかつい店主に「そこの人、次、何するの?」と訊かれながらツマミをそろえ、コンビニで酒類を仕入れて社に戻る。

最終版の出稿を終えて、当番のみんなが、ソファーに集まって、酒盛りである。ベテラン（と言っても当方より一回り以上、年下だったが）の〝抜いた〟〝抜かれた〟スクープ自慢が始まる。ＮＨＫで放送されていた「事件記者」の一場面みたいだ。遅れてきた新人には、それなりに楽しかった。デスクが気をつかって「寺井さん、政界の話でもして下さいよ」なんて、水を向ける。「いやあ、ペエペエでしたからね」と逃げる。いや、ナニ、「新進党のときの小沢さんがね」とか、「選挙のときにはさ……」などと話を始めたら、とまらなくなる。酒が入っているだけに、根がおしゃべりな自分の口が怖い。

午前三時、朝刊各紙の早版紙面を点検して、特オチ（各紙が掲載されていて、自社だけ記事が掲載されていないこと）や特別の事件がなければ、お開きである。若手記者は、蚕棚と呼ばれる二段ベッドの宿直室に向かう。当方は高齢のため、ベテラン扱いで、方面別の乗り合いタクシーで帰宅する。同じ東上線組でも、みずほ台は遠い。次から次と降りて行き、最後の一人となる。決まってＮＨＫの「ラジオ深夜便」がかかっていた。ひとり（いや運転手さんがいるので、正しくは二人）となる。夏の季節など、空が白むのが早い。「新しい一日が、また、始まるんだなあ」。そんな感慨に浸っていたことを、思い出す。

ラジオで、本間千代子の「若草の丘」や舟木一夫の「高校三年生」といった〝昭和青春歌謡〟がかかっていたりすると、涙腺があやしくなって行く。

先日、同居人に「夜遅く（ラジオ）聴くとき、イヤホンをして下さいね」といわれた。それは分かる。でも何か耳に入れるのは嫌だな。補聴器が手放せない生活が、いまから怖い。

## 満洲が好き

あれは九月はじめ（一九七五年）のこと、大慶（中国黒竜江省）で三十九度の熱を出した。哈爾浜（ハルビン）に戻る列車で軟座車（一等車）に寝かされているとき、「十五分間の臨時停車があります」との車内放送がある。

何のためか。訝っていると、コンパートメントに医者と看護士があらわれた。すぐに診察され、尻に太い注射をうたれる。その手際のよいことといったなら……。

車窓から、大草原を馬で遠ざかる二人の背が小さく見えた。映画「シェーン」のラストシーンみたいだなあ。訪中団の仲間に「彼ら、獣医さんだったかもしれないよ」とからかわれる。――ということは、あのぶっとい注射は馬用？　まさかあ！

哈爾浜では、大学病院に連れて行かれる。

「お身体、だるくはないですか」と壮年医師に、流暢な日本語で訊ねられる。

「いまは大丈夫になりましたよ。先生の日本語、本当にお上手ですねえ」

「ええ、医専出身ですから」

日本語で医療教育を受けたということであろう。それにしても、文革末期である。久方ぶりの日本人患者で、懐かしかったのかな？

駅前の哈爾浜賓館（旧ヤマトホテル、現龍門大廈賓楼）に泊まる。戦前、満鉄が建てたホテルである。木調の重厚な作りであった。

コツコツコツ。廊下を歩く音がする。あっ、うちの部屋だ。

「お元気になられましたか」と訪中団の通訳氏が、入ってくる。

「先ほどの病院でオカネをいただきましたが、先生は外賓。国家のお客様にあたりますので、いただいてはいけなかったのです。お返しにあがりました」

二十四元返却される。当時、一元何円であったか？　たしか一元十八円ぐらいではなかったか。もし、それが正しいのなら、四百三十二円にあたる。日本人にとっては、さしたる金額ではない。ただし、国家指導者の月給が四百元、管理職が百元といわれていた当時の中国である。相当な金額となっていたのではないだろうか。

「汗をかいたから、シャツとパンツを五枚ずつ買ってきていただけませんか」

「それはもったいないですよ。汚れたものはホテルの洗濯に出せばいいんで……。ですから、二枚ずつ買ってきますからね」

通訳さんは、そう言った。下着洗濯代は、招待団体の中日友好協会持ちである。気はひけたが、その意見に従う。父の青春の地でもある満洲が好きになった。

# 張碓海岸

「泊りがけで泳ぎに行こう」と誘ってきたのは父だった。泳げないので気が重い。

「どこに泊るの?」

「キャンプだよ。星空が見えて楽しいぞ。魚釣りもしよう」

昭和三十二年、小学三年生。当時、母が脊髄カリエスで寝ついていた。父は、二歳年下の弟と私をキノコ狩り、川遊び、山スキーなどによく連れて行ってくれていた。

「それで、今度はどこに行くの?」

「海水浴だからさ。張碓(はりうす)にしようかな」

札幌に近い銭函(ぜにばこ)は、ゴミバコと揶揄されているほど、日曜日に人が押しかける。それで、一駅先の小樽寄りの海町に行こうとなったのだ。

張碓は石だらけの岩海岸である。砂浜の銭函に比べて、圧倒的に海水浴客は少ない。それでも、貸しボート屋があった。ボートというより漁師の小舟であったが、それを借り、ちょっと沖に出て釣りを始めた。釣り竿を使わず、エサと重しをつけて垂らしただけである。それでも小魚が数匹釣れた。素人の少年にかかったトンマな魚たちは味噌汁の具となり、カレーライスも作られて、豪勢な夕食となった。

夜空には満天の星。茶碗酒を数杯あけた父は、すこぶるご機嫌である。

「寝るのは、どこ？」

「そうか、寝床でも作るか」

そう言った父は、業務用軽トラに積んできた蚊帳を吊るす場所を探した。テントなどは、はなから用意してきていない。草や葉っぱを敷きつめ、ビニールシートを敷いて、さあ簡易ベッドのでき上がりである。

「毛布を持ってきたからな、寒くはないぞ」

キャンプって、寝袋っていうやつで寝るんでなかったのかな。そんな疑問も湧いたが、寝転んでみると、星がより近く見える気がして、これはこれで悪くない。ウトウトしたとき、突然、雨が降ってきた。「天気予報は晴れだったけどな」とぼやいても始まらない。強くなってきた。撤収！　すぐ近くに洞穴があった。転居先となり、無事、一夜を過ごす。

翌朝である。地元の大人たちが、われら親子を見つけて、ヒソヒソと話をしている。

父が事情を聴きに行き、「実はな、この洞穴、いつも溺れた人を一時置いておく場所として使われているそうだ。『幽霊が出なかったか』と訊かれたよ」との報告である。

「なあんだ、出てきたら面白かったのに」と、いちおう僕は強がってみせた。

けれども翌年は自衛隊の夏子供キャンプに参加する。テントも寝袋も、そして風呂も完備。何より幽霊が出てきても、自衛隊のオジさんが撃退してくれる？

## 因幡の白兎

昭和二十九年三月末のことである。日曜日だった。四丁目（札幌市中心地）の維新堂に行く。小学一年生の教科書を買うためである。

「これからは、こんな本も読んだらいいぞ」

父はそういって、教科書のほか一冊の大型本を買ってくれた。挿絵が大きなスペースを占めるいわば絵本。タイトルが何であったかは忘れた。「因幡の白兎」や「ヤマタノオロチ退治」の話が入っていて、すっかり気にいった。何度も読み返した。小学校の図書館の本を読みまくる少年となっていった。

特に、日本史の本と伝記にはまる。キュリー夫人や野口英世は当然のこと、札幌開拓の父・旧佐賀藩士の島判官（義勇）や、十和田湖・鱒養殖の和久内貞行なども読破した。

そんな経験があったのに、わが子供たちに、絵本を買って与えた覚えはあまりない。もちろん、読み聞かせもしていない。夏休みは、旅行に連れて行ったりしていた。これも気がついたときには、彼らは友達と行くようになっていた。こちらは、仕事に追われていたのだ。それで入学式にも卒業式にも、さらに父兄参観日にも行ったことはない。子供たちの学校とは無縁だった。その二人の子供たちは、本好きとはとうていいえない。一般人としては少々多めの蔵書も、私一人のものとなっている。妻は「あなたとは読書傾向が違うのよね」とかいって、当方の書棚にさわろうとはしない。

ところが、孫の岳（ガク）が、爺様本に手を出すようになった。司馬遼太郎の『峠』や吉村昭の『川路聖謨』などである。ちょっと渋めだよなあ。

孫たちが幼児のころ、親が絵本を与えていたのだ。私たち祖父母も、何冊か買った。しかし、大半は図書館から借りてきた本だ。いま大分で、小学校教員をやっている彼らの母親が、絵本を読ませることに熱心だったからであろう。息子（彼らの父親）は、成長の記録になると、「絵本読書日記」のブログを開いていたりもしていた。

さて、その岳だが、これはＮＨＫ大河で「軍師勘兵衛」を放映する前の話。

「戦国武将でさ、誰が好き？」

「たくさんいるけどね、一番は安国寺恵瓊（毛利家の謀将）かな」

彼は当時、小学五年生だった。驚いた。さすがに渋すぎる。実は私も、小学生のころ恵瓊が好きだった。そこで、わが家の歴史小説をみつくろって岳が住む大分に送っている。

春から別府の大学寮に入った。さて、どうする？「因幡の白兎」の英語絵本があったらありがたい。送ることができる。留学生の多い大学なのだ。

# 中国土産は？

一九九五年、中国の桂林に行った。その二十年前の訪中団の仲間らとの気楽旅で、奇岩の間を縫って優雅に走る「漓江下り」を楽しむ。

そこで突然、船中で食事の世話をしてくれていた女性が、行商のオバさんよろしく口上熱心に土産売りを始めた。船の上だから、逃げられない。それが、彼女らの稼ぎであることも、判ってはいる。不承不承、スカーフを買った（買わされた?）。

「夕食後、友誼商店に行こうか」と友人たちに誘われる。昼間のお口直しである。「国公認の土産物屋だから品質、値段は間違いないだろう」というのだ。買いたいものはない。けれども期待してもいいのかな。〝ひやかし〟も、また楽しだ。〝友誼〟とあるが、香港のデューティフリー店みたいな店がまえであった。

友らは刺繍や民芸品、宝石コーナーに向かう。当方は薬品や食品を扱っている一郭に行った。メンソレタームやタイガーバームみたいな塗り薬がほしい。一つ取り上げ、効能を見る。売り子があらわれ「それ、効きますよ。一個千円でどう?」というではないか。

「高いなあ」と呟いたら、「では、三個千円でどうですか」。

少し心が動く。そこで「一ダース千円なら買うよ」と答えた。

「お兄さんには負けたわ。では、十個千円にしときます」で決着。ところで、純製品だったの？　本当に安かったのかな。

別件の話。一九七五年、訪中団の仲間に「郵便局に行こう」と声をかけられた。ついて行く。彼は「珍しいから」と、切手シートを次々と買い込んだ。子供時代の切手ブームのとき、金持ちの子が「見返り美人切手」など高額ものを買い、見せびらかされた思い出がある。当時、一枚も買わなかった（買えなかった）。中国でも買わなかった。

先日、テレビで「なんでも鑑定団」を見ていたら、切手の専門家が「文革期の中国切手は高いんです。一枚が現在、三百万円なんていうものもありますよ」と解説されておられる。あのときに友が買ったのは、そんな稀覯切手であったのか？

これはまた別の話。二〇〇四年九月、中国雲南省をまわった。最終地の昆明で、ガイド氏に「お土産に、松茸はいかがですか。いまが旬ですけど、箱に十本ぐらい入っていて一万五千円ですよ」と薦められる。即断！　一箱注文する。

空港に業者が届けてくれた。ガイド氏は、箱を開けて点検する。「石コロや釘で重くしているのもありますので」とのこと。中国人は、同国人を信じていない。

土瓶蒸しもいいけれど、やっぱり一本丸ごと焼いて食べるのが、一番であった。

## 「ド・トオル」

駅まで九分の郊外マンションに住んでいる。一番の不満は、近くに小粋な喫茶店がないこと。仕方がないので、全国展開のDチェーンに行く。午前中の客は、高齢者が多い。ナニ、自分だって、その一人である。

「あらっ、空いているわよ」

オバさん二人組が入ってきた。差し向かいではなく、横に並ぶように座る。混んできたら、どうするんだ。四人座れるところを、二人で占拠することになっているではないか。横座りの神経が分からない。奥の席で、若手サラリーマンがパソコンを広げている。そして、電話をかけ始めた。パソコンをあやつりながら、ビジネスの話をしている。

ここは、職場ではないんだぞ。（電話が）かかってきたとしたなら、まだ許せるが、その若手くん、君からかけているではないか――。あっけにとられることばかりだ。

店員さん、いったい何をしている。注意をしないのか。それが、キミらの仕事だろう。

そんな思いで、むしゃくしゃしながらコンビニで買った朝日新聞を広げた。

隣の席のオジさんが、こちらをジロッと睨む。

「そんな新聞、こんな狭いところで広げるなよ」

少しせり出していたのかもしれない。

「あっ、ごめんなさい」

謝りながら、新聞を小さくたたむ。ところで、この人、〝朝日嫌い〟だったのかもしれない。私、家では〝産経〟なんですが……。

マナーといえば、数年前の札幌のラーメン屋でのこと。カウンター席に、大学生が五人。中の四人は食べ終え、一人はスマホゲームで三人はだべっている。そのだべっていた一人が、まだ食べている男に話かけた。食べていたその子、手を止めて、会話に加わり始めた。カウンター席の後ろにベンチがあり、当方ら次の客たちが待っている。その列は店の外まで続いていた。観光客もやってくる札幌でも指折りの繁盛店なのだ。

「キミら、食べ終えた人は、(席を)立ってよ」と、小言をいう。

「ハイ、すみません」

蛇足ながら、Dチェーンのドとは「ドトールコーヒー」。ポルトガル語が店名の由来だそうな。けれども、当方には「ド・トオル」と聞こえる。「ド助平のトオルさん」といわれているみたい。まあ、当たっている気がしないでもないが。

しかし、スタバより気にいっている。日本資本で、何よりも安いからである。

## 大きい机

新進党に勤めて初めての総務会（企業で言えば取締役会）でのこと、会議室入口で役員室の金尚事務局長がウロウロしている。小沢一郎幹事長側近の二階俊博代議士（後に自民党幹事長）を待っているのだ。座席札の並べ方＝席次の指示を受けるためらしい。

何たることぞ。民社党なら、事務方の判断で決めていたことである。

犬山市（愛知県）で行われた公・民合同研修会も、そうだった。事前準備の打ち合わせで、公明党の本部職員氏に「鵜飼いの船の席次はどうなされますか」と訊ねられた。

「それは判っています。書記長にそれぞれ三艘に分かれて乗船してもらいます」

「委員長、副委員長、国対委員長や政審会長などほかの方々はいかがですか」

「うちは中執（中央執行委員会）でも、なんの会議でも、三役の席は決めますが、あとは自由ですよ。来た人の順に、好きなところに座ってもらっていますので」

「いや、うちは、すべて民社さんに見合った席を決めておく必要がありますので……」

公明さんは、困っていた。

よく「党葬」の担当となるときもあった。すると必ず企業の秘書室から電話が入る。

「うちの代表は指名焼香となるのでしょうか。席は決まっているのでしょうか」

「申し訳ありません。指名焼香は、弔辞をいただく方だけです。また、お席は、到着順でお願いしておりますので、それもお含みおき下さい」

そう答える。指名云々は、各界のトップだけだったのだ。

民社は、自由闊達な気風の党だった。けれども、そうでないところもある。

昭和六十年、党本部が長年住み慣れたビルから、新しいビルに移った。当時、私は広報部長であった。局次長、局次長代理、部長、副部長、書記と五段階ある職階のうち、ちょうど三番目。中堅だったのである。

職員のまとめ役でもある、M総務局次長に呼ばれた。

「あのね、Y部長がきてね、寺井君の机が自分のより五センチ大きいが、それでいいのか、と問うてきたよ」

「えっ、そうなんですか」

「うん、そうだ。僕が決めたんだよ。君のあれは次長代理の机なんだから」

「困りますよねえ、僕は普通の部長の机でいいんで……」

そう断ったけれど、「君は駆け上がる男だから」とかなんとか言われて、そのまま押し切られてしまった。一回り以上年上のYさんは、やっとつかんだ部長机だったのである。

## 職務質問

二十三歳のときか。月刊誌の出張校正を終え、上野駅に行った。午後三時の待合室でボォッとしていると、二人組みのおまわりさんが寄ってきて「もしもし、君。どちらの出身?」。

「北海道ですけど……」

「高校はどこ?」と問われて気がついた。家出高校生に間違えられていると。当日、白の開襟シャツに黒系のズボン、それにサンダル履きだった。「社会人ですよ」と述べ、「失礼しました」と敬礼を返される。あまりの見当違いに苦笑もの。

〝職質〟といえば大学二年のとき、葛飾区のはずれで巡邏(じゅんら)中の警官に呼び止められた。午前三時、朝まだきのころだ。「持っているバケツの中を見せなさい」と命じられた。金魚泥棒と思われたらしい。「ステッカーを貼った糊ですよ」と素直に見せる。「場所はどこ?」となり、貼り終えた電柱に案内する。

ステッカーには「福祉国家を建設しよう　民社党・松下正寿」と書いてあった。その電柱と並んで写真を撮られ、やってきたパトカーに乗せられて、本田警察署に向かった。「都美化条例違反で始末書」と思っていたら、公職選挙法違反容疑で東京地検送りとなる。

警察署でも地検でも、もっぱら「幾らもらったか」。「党員ですので無報酬です」。「選挙の事前運動にあたるぞ」と大学の先輩検事に威される。しかし、起訴猶予処分となった。

真相を明らかにする。

実は、地元の民社党事務所からバイト代をもらっていた。日当千五百円。半分を組織（民社学同中大グループ）に上納している。中大Gは第一次羽田事件の日（一九六七年十月八日）、学生会館の会議室を借り、活動方針や役員を決めた。参加者は八人。当日、会館は赤ヘルに手拭い、関西なまりの学生たちが溢れていた。関西ブント（社学同）の拠点だったのだ。その年の十一月十一日、日本民主社会主義学生同盟（民社学同）を結成する。一年生ながら中央執行委員に選ばれた。翌日が第二次羽田事件の日である。

それはともかく、中大の学費値上げでは独自活動を展開する。タテカンやチラシを作るのにもオカネがかかり、メンバーがバイトをして資金を作った。また、関東の仲間と「学費値上げ反対、バリケードスト反対、国庫補助要求」のデモ行進をした（六八年二月十四日）。その指揮をとっていた当方のもと、警備の警官が寄ってきて「君たちに伸びてもらいたいな。がんばって」と声をかけられる。ヘルメットを被らず、角材を持たない穏健な学生運動は、好感（同情？）を持たれていたよう……。「破壊と革命の学生運動から、創造と改革の学生運動へ」が、われらのスローガンだった。

## 愛犬百合

札幌の実家では、犬を飼っていた。名前は「百合(ゆり)」。初代は小学校二年生のとき、突然、わが家にやってきた。体長は一米(メートル)を優に超えていた大型の黒毛犬。雑種であった。

「名前は何としよう?」

「メスでしょ。百合なんて、いいんじゃないかな」

僕の一言で、決まった。織井茂子の「黒百合の唄」が大ヒットしていたからである。力の強い犬で、散歩に連れて行っても、引きずられるばかり。子供には手におえないと思った父は、リヤカー仕事の知り合いに譲ってしまった。

二代目は小学六年生のころに飼った北海道犬(アイヌ犬)系の雑種。これもメスで茶毛、名前は百合。気立てのやさしい子ではあったが、成犬になるやいなや出産。夫は不明で四匹も生んだ。仔犬をもらってくれる家を探すのに苦労する。母犬もトレードに出された。

三代目の百合は血統書つきの白毛のスピッツ。生後まもない目があいたばかりのときにやってきた。ミルクを飲む姿が愛らしく、いっぺんにわが家のアイドルの地位を獲得した。スピッツといえば、めったやたらに吠えるという印象があるが、うちの百合嬢は、そんな不躾なことはない。周辺に不審者があらわれたときだけ、鋭く吠え、唸る。でも、普段は至ってもの静かなのである。ただし、家人が帰宅すると、犬舎が入っている囲みの中で、ワンワンと声を上げ、走り、大騒ぎする。「よし、行くか」となって、散歩に繰り出す。三十分ほど歩き、市民公園に着く。一緒に池の貸しボート（三十分五十円）に乗る。

漕ぐのは、もちろん当方。何故か口笛を吹きたくなる。しかし、不器用な男子高校生は、まったく吹けない。そこで、「草笛を吹こうよ」や「若いふたり」を口ずさむ。聞いてくれているのは、いつも犬の百合だけ。だが、「君には君の夢があり、僕には僕の夢がある」の気分である。

さて、その三代目。父の転勤で長岡に移る。ある晩、いつもの散歩を終え、犬舎につながれていた。ところが彼女、翌朝、いなくなっていたと聞く。豪雪地帯である。一人で好きな散歩に出かけ、雪に埋もれてしまったか。交通事故にでもあったのか。利口な百合婆様のこと、〝死期〟を悟って家族から身を隠したのかもしれない。もし、わが家で犬を飼うことができたなら、百合と名付けるつもり。でも、わがマンションはペット禁止である。

北海道の弟宅で、犬を飼い始めた。「名前は百合。かわいいよ」と伝えてきた飼い主、先日、亡くなってしまった。残されたいまの四代目・百合は元気か。妻は「あなた、ボートを漕ぐのだけはうまかったわよね」と褒めてくれる。三代目のお蔭と感謝している。

## サイゴン四区

一九九七年、メコンデルタのカントーでのこと。

水上マーケットを見物中、休憩のため喫茶店に入った。テーブルの大皿にはスイカ、マンゴー、パイナップルなどのフルーツ類。五十代の私と一回り下のヤマちゃん（ガイド）の二人旅である。先客がいた。小豆色のTシャツ、Gパンにナップザックのラフなスタイルの女性で、タマゴ型の小さな顔立ち。すっきり系である。「日本の方ですか」と声をかけてみた。「ハイ」と涼やかな返事。年の頃は二十代半ば。サチコさん（仮名）という。

「近江育ちなんですが、休みをとり、気になっていたベトナム戦争や人々の暮らしが知りたくてやってきました。何も知らないんですよ、私……。この旅で痛感しました」

「南の人の気質は知ったほうがいいよね。近藤紘一さんの『サイゴンから来た妻と娘』は読んだほうがいいし、ほかに映画では『青い実のパパイヤ』や『シクロ』かな」

野球帽に黒メガネ、サンダル履きの変なオジさん、ちょっとお節介となる。

近くのレストランで、野菜主体のあっさり味ベトナム料理を堪能する。彼女、今夜の宿はホーチミン（旧サイゴン）だそうな。ヤマちゃんと私は、途中のミトー泊りである。

「恐縮ですが、そのミトーまで、乗せて行っていただけませんか」と言われた。

もちろん「いいですよ」。〝帰りは楽し〟となり、二回あった（当時）フェリーへの乗り換えも苦にならない。お喋りに花が咲く。あっという間に夕刻となり、ミトー近くへ。

「ところでさ、サイゴンはどちらに泊るの？」

「友達の家ですよ。こちらで、三日前に知り合ったベトナム人のご自宅です」

友達というのは若い男性で、しかもサイゴン川のむこう岸、四区に住んでいるとか。

「そりゃ危ない！」とヤマちゃんと私、同時に声をあげた。

「地方からの人も多く、ヤクザの巣。サイゴンっ子も行かないところですよ」

ヤマちゃんの、この一言が決め手となって、急遽、彼女もミトーのミニホテルに泊ることに変更する。当方は三階のリバサイドビュー。サチコさんは一階奥のシングルだ。部屋代は、三十五ドルに十二ドルと大きく違う。

夕食は町の定食屋に繰り出す。海老や烏賊が入った海鮮鍋に蒸し鶏、チャーハンと固い焼きそばをとった。大いに食べ、飲みまくり、話が弾む。帰りがけに、川沿いのテラス喫茶店に入って、アイスクリームを食べる。男二人に女一人。昔、勝野洋主演の「俺たち朝」というテレビドラマがあったよなあ。

翌日の早朝、バルコニーに出て、メコン河を行き交う船々をボンヤリ眺めていると、彼女がやってきた。「たいへんお世話になりました。朝一番のバスでサイゴンに行きますので」と丁寧にあいさつされる。「朝食をご一緒に」と、引き止めることはしない。

## 大内さん

大学を卒業し、民社党本部に勤めた際、教宣局長の大内啓伍さん（後に委員長、厚生大臣）に「毎朝、『社説』を赤鉛筆片手に読むように」と言われる。

「今度、月刊誌を出す。編集長は僕だが、実務は君がやってくれないか。責任はとるから」と頼まれたのは、それから一年後のことだった。宣言通り、中国やソ連から抗議をうけたときも、はねつけてくれた。全国党大会で地方の代議員から「理論誌なのに党見解と異なる論文が載っている」と指摘された際も、「うちの雑誌は共産党の『前衛』ではない。多様な意見が載っていて何が悪いのか」と反論してくれた。

その大内さんに「君はいつも職場の仲間とランチをとっている。たまには一人での食事もいいよ。リーダーは、少しミステリアスな部分があったほうがよいからね」とアドバイスされる。「熟考の時間を持て」ということか、と理解した。

大内さんが書記長のとき、車中で「これっ、夜、眠られなかったもので」と原稿用紙の裏に書かれたメモを見せられる。「生活先進国キャンペーンについて」と題されていた。

生活改革が党の政策課題となり、小生がキャンペーン遂行の実務責任者となった。同期の藤原範典君（後に宮城県議）らの発案で、日本に来ている留学生の生活実態調査も行う。

大内さんは歴代委員長の懐刀からトップに駆け上がった人で、「運に恵まれている」「うちの柳沢吉保さ」「頭はいいが冷たい」といった罵詈もあった。しかし、ご本人はそんな雑言を一顧だにされない。「運」や「天賦の才」だけではなく、努力の人でもある。その大内さんに「提案があったら、いつでも持ってこいよ」ともいわれていた。

中田厚仁さんに続き、高田晴行警部補がカンボジアで殺害されたとき（一九九三年五月）、「PKO撤退論」が起こった。「任務を断乎続行すべきである」と梅澤昇平広報局長（後に尚美学園大教授）とともに進言する。大内委員長は即座に受け容れ、河野洋平官房長官を官邸に訪ねて申し入れを行った。これがなければ、〝撤兵〟となって行ったかもしれない。

私が新進党本部時代「旧公明系の部下に、大内さんは敵視されていますよ」と告げたときのことだ。「おかしいな。竹入（義勝）や矢野（絢也）らは、僕に感謝しているのに」。

創価学会による言論・出版妨害事件のとき、収拾への動きがあり、公民は対立関係から協力関係に変わった。大内さんはキーパソンの一人だったのである。

ホテルオークラでお茶を飲んでいたとき、「ここの上で、キッシンジャーとの会談を持ったよ」ともらされた。沖縄返還交渉のころではなかったのか。

この春、元秘書やSP、党本部職員などで、大内さんの墓参りに行ってきた。元SPの岩城巻男さんが「よく気を遣われる方でしたよ。同僚SPの奥さんが入院したとき、病院の手配など率先してやって下さりましたし……」と振り返る。

## 「英雄」

父は休みの日にクラシックをかけ、コーヒーを飲んでいた。私？　本来は昭和青春歌謡曲好きなるも、クラシック定番の何曲かは知っている。

一九七五年夏、上海。

日本青年訪中団の一員として、魯迅の旧居を見に行った。そうすると、われら一行を待ち構えていたかのように、どこからかバイオリンの音が聞こえてくる。

「あれっ、何？」と男性団員。

「クラシックですよね」と女性団員。

「そりゃ、革命歌ではないわさ」と男性班長。

「ハンガリー舞曲でなかったかな」と当方。

われら団員が、いろいろ詮索する。

そこにオバさん三、四人があらわれた。「〇〇〇」「▼▼▼」と囂（かまびす）しい。特定の部屋を指差し、ワアーッと喚いたあげく、ここを先途と階段を駆け上がって行った。戸をドンドンとたたき、何かを口々に叫んでいる。そして一瞬の間。バイオリンがピタッと鳴りやんだ。

文革末期である。洋楽は原則禁止ではなかったか。オバさんたちは、日本でいえば国防婦人部風紀係みたい。外国人が来たので、勇気をふるって演奏してくれたバイオリスト氏に、自由の国からやってきたわれらは、尊敬の念を覚えた。

一九七七年十一月、ベトナム北部、ハイフォン港でのこと。

住宅地を散策していると、低くクラシック音楽が聞こえてきた。発信源の家をのぞいてみる。中のご主人らしき中年男性が入って来い、と合図してくる。図々しくおじゃました。居間にはステレオ。テーブルに茶菓子と果物が並ぶ。お茶をすすめられ、「今日は子供の誕生日でして、お祝いしているところです」と英語で語られた。

当方は、英語が（も）不得手である。それでもなんとか会話しようと思い、簡便な「日越会話」冊子を開く。彼はそれを手に取って、「トンニャット＝統一」の文字を見つけ、大きくかぶりを振り、「ノー、ノー」と言い切った。

サイゴン陥落（一九七五年四月三十日）の日、「これで、南による北の解放の望みが断たれた」と嘆くインテリが北にはいた、という話の信憑性を悟った。

相変わらず、家でクラシックを聴くことはない。それでも、たまにはＣＤをかける。今年（二〇二一年）の六月四日、外は雨。天安門事件を偲び、「英雄」を聴いた。父のまねであり、中越両国の勇気ある人々への〝連帯〟表明である。

## 一勝二敗

最近、友が相次いで亡くなる。「現在、闘病中」と聞いても、コロナ禍で見舞いが叶わず、しばらくして「家族だけで見送りました」と聞かされる。辛い。

もうすぐ後期高齢者の仲間入りである。そろそろ〝終活〟を始めるべきか。

否、整理すべきラブレターの類いは、とっくに捨て去っている。

文革末期の三週間中国旅行も、五十日間のシルクロード・バス旅行も、そしてまた、民社党本部や産経新聞社のお勤め時代も、ノートや手帳、記録の類いは、みんな捨ててしまった。それでももし、「重要資料廃棄罪」なるものがあったなら、当方は罰せられるのかな。

平成六年（一九九四年）秋、新党準備会に出向する。後に新進党として結実する六党二会派の事務局主査として、各党幹事長クラスで構成する実行委員会にも陪席する。

「これで行くけど、いいかな」と野田毅実行委員。

「ええ、それで、結構だと思いますよ」と私。

委員会を終えると、記者へのブリーフィングである。野田さんは、ノートなどは一切とっていない。明晰な方だけに、ポイントをはずすことはないが、時には確認を入れてくる。

こちらは、Ａ４判の大型ノートを見て慎重に答えた。

新進党結党大会や総務会、党首選挙管理委員会などの会議録も、そのマイノートに書き込んで行き、それが十七冊に及んだ。平成八年（一九九六年）春、「住専問題」で、審議妨害をはじめた新進党に愛想をつかし、退職を決意する。五十日間のシルクロードの旅に出ることにした。出発の日の朝、件（くだん）のノートを、マンションのゴミ捨て場に出す。「清々した」と思ったが……。第一級資料を、灰燼に帰させてしまった。

以上が懺悔。以下、後悔とは無縁な別の話。

「伸びると思っていた民社党は解党したし、ミャンマーはあんなことになってしまっている。僕の大好きな二つの《Ｍ》は散々だったよなあ」とぼやいてしまった。

それを聴いていた妻が、横から一言。

「でも、もう一つの《Ｍ》は良かったでしょ？」

「……」（一瞬の間）

そして、あわてて「そうだ。もう一つは良かったんだから、人生はプラスか」。

取り繕っていました。うちのカミさん、旧姓が三井。《Ｍ》だったのです。クワバラ、クワバラ。「人生、至るところで落とし穴」である。それから、私の人生は一勝二敗、と思うことにしている。

# 第Ⅱ部　母の杞憂（きゆう）

# 母の杞憂（きゆう）

高校二年の十一月三日、文化の日に友とハイキングに行くことを企画した。札幌市郊外の山（一千メートル級）をめざす。母が断乎反対だった。

「もう十一月よ、冬眠前の羆が出てくるし、寒くて危険だからやめたら」

「熊鈴をつけて行くから大丈夫さ」

結局、押し切る。でも、オニギリは作ってくれた。頂上で美味しく食べ終えて、日帰り温泉に寄って帰る。母の心配は杞憂に終わった。

「遅かったわよね。心配でお昼も満足にノドを通らなかったわよ」

母は、そう言い募る。いつも「どこに行くの、何時に帰るの」から始まって、「今日は寒いからモモヒキを穿いて行ったらいいよ、ハンカチは持った、チリ紙は？」といったことまで細かくチェックが入る。「テレビばかり観ていないで早く勉強しなさい」といわれ、二階に上がる。部屋に入って、書棚の「日本文学全集」（筑摩書房）や「日本の歴史」（読売新聞社）を読み出す。父の本だが、読んでいるのはいつも私だ。母が階段を上がってくる音がする。お茶や夜食の差し入れ（監視？）である。慌てて本を隠し、教科書を広げる。

そんなものだから高校、大学と、受験は失敗続きであった。

それでも上京。下宿先によく荷物が届いた。手編みセーターやお菓子の間に、長い手紙と五百円札が一枚。これがありがたかった。今日は肉豆腐鍋が食べられると。

ある日、下の大家宅に電話が入る。出ると「あなた、何かした？」と母の声。

「何もしていないよ」と私。

「お母さんの友達のところにね、刑事さんが来たらしいの」

電柱へのステッカー貼りで、公職選挙法違反容疑で取り調べを受けた（後に起訴猶予）。警視庁から道警に連絡が入り、周辺捜査が行われたらしい。事情を説明する。母は「ああ、そうだったの」。昭和四十年代の前半は学生運動の季節。当方は民社学同（民社党系）の活動家である。学生運動のことではなく、選挙運動だったので安心したのかもしれない。

しかし、私が民社党本部に勤めることには、母は絶対反対だった。安部磯雄、西尾末廣びいきだった父は、始めは反対だったものの、当方の決意が固いとみて容認してくれた。

その父は、六十五歳で亡くなる。母がわが家にやってきて、再び同居となった。嫁への遠慮からなのか、口やましいところは幾分収まってきている、と判断していた。

いやあ、甘かった。当方がリタイアし、家を出ようとすると「いつ帰るの、どこに行くの、交通費も高いでしょ、お酒を飲み過ぎないように。帰りの電車で乗り過ごさないこと。お金を落とさないで」などといわれ、「もう子供じゃないんだよ」と怒鳴りたくなる。

「年金暮らしだから倹約しなさい」といいたいのだ。そもそも原資はないのだが……。

# バルセロナのランチ

スペインに行ってきた。

昼食は午後二時ごろから一、二時間かけてゆっくり食べる国に来ていて、わが旅行団は十二時過ぎにレストランに入り、早速飲み物の注文がとられて、すぐに料理が出てくる。ものの二十分で食べ終え、次の行動に移るという慌ただしさ。味はさっぱり系で、量も少なめ。明らかに日本人団体客専用のメニューであろう。

グラナダのアルハンブラ宮殿や、トレドの古い町並みなど、感激する名所は多々あった。美人が多く、嬉しかった。でも、食事がいただけないところが多かったのは腹立たしい。

「このツアー、食事は駄目でも、部屋は広くていいわよね」と妻の評価は、やさしい。

「でもな、ロケーションが悪いよ。泊るホテルは、ダウンタウンから離れているところばかりじゃないか」

安全を第一にしたためかもしれないが、根っからの下町好きは不満である。

ただ、バルセロナの自由時間が楽しかった。市場に繰り出し、チーズやチョコレートを買って有名な音楽堂に向かった。ランチをとりたくて路地に入ってみる。

午後一時になっていたか。まだ客がほとんど入っていないレストランに飛び込んだ。店は家族経営らしい。ご主人、奥さん、娘たちがそれぞれに忙しそうに立ち働いていた。

メニューには前菜がパエリアをはじめ五種。主菜もタラのソテーやビーフステーキにフォアグラ乗せなど五種。そしてデザートが五種。書かれてあった品を、飲み物とともに選ぶ。当方はワインにステーキ、パエリアを注文した。

「パエリアは時間がかかりますが……」

そう、言われた。美味しいものを食べようと思えば、当然、時間がかかるものである。果たして、どうであったか。味はあえていうまでもなかろう。ツアーのお仕着せとは、比べるまでもない。ビフテキの上にのったフォアグラも厚めで美味であったし、デザートのアイスクリームも申し分なかった。それで九・五ユーロ。つまり千二百円弱（当時）だったのである。食事に一時間はかかった。帰りには店内が地元客で一杯となっていた。

いま、スペインは寿司ブームだそうな。中国で作られた冷凍寿司なども売られている。グラナダの町の公園では、五歳ぐらいの男の子が、腰にプラスチックの日本刀をたばさんでいた。四歳ぐらいの女の子は、キテイちゃんがプリントされたTシャツを着ている。地元テレビの一番人気番組は「クレヨンしんちゃん」だという。どうせなら「サザエさん」のほうがいいのだがなあ、と思わぬでもなかった。でも、いたしかたはあるまい。

# ファドとメガネ

フランクフルト経由でポルトに入った。ドウロ川の河口に広がるポルトガル第二の都市。「坂が多い町ねえ」

高齢となりつつある妻にとって、「七つの丘の街」はきついのだ。

ポルトガル国発祥の地といわれ、ポルトワインの生産でも有名な港町である。ワイン工場に行く。試飲したが甘さを強く感じ、お土産として買わなかった。余談ながら、寿屋（現サントリー）で売られていた赤玉ポートワインは、いまは赤玉スイートワインという。ポルトガル政府から名称が抗議されたためらしい。トルコ風呂もソープランドとなった。

それはさておき、夕刻、ポルトの町の中心通りを歩いていて、ファド（ポルトガル歌謡）を聞かせるレストランを見つけた。

「ここの演奏は、何時からですか」

「九時半から午前二時までだよ」

そう店の主人はいっていた。腹ごしらえが必要である。ほかの店で、モツ煮込みを食べた。塩気がきつく感じる。しかし、地元産の赤ワインは、それに合っていた。

夜九時半過ぎ、件（くだん）のレストランに出直す。太った店主が、おや、まあ、本当に来たのか、とばかりに歓迎してくれる。客は地元の馴染みばかりが十人ぐらい。歌い手の目の前の席を用意してくれた。体格がよく、声も通る本格派が、次々と立って二曲歌う。クラシックギターと丸い形のポルトガルギターの伴奏が哀調をおびていて、雰囲気を盛り立てる。二人でビールとツマミをとって十五ユーロ（二千二百円ぐらい）と、お値打ちであった。

話は替わる。

リスボンの市内電車で観光をしているとき、膝が冷たくなってきた。ふと見やると水でズボンが漏れている。黒の鞄を開いて見る。水がたっぷりあってガイドブックが浮いている。あわてて取り出した。原因はペットボトルの蓋がなく、中の水が出てしまっていた。急ぎタクシーを拾う。ちょっと経路がふくらみ気味だったが、無事、ホテルに到着。トイレにでも急ぐかのようにカネを払い、車外に飛び出した。

部屋に戻る。お茶でも飲もうかと思い、机の上を見て驚いた。青いキャップが残っている。蓋をしないまま鞄に詰めていたのだ。水浸しになるのは、あたり前だったのである。

原因がわかるとほっとしてきた。さて、ガイドブックでも見てみるか。アッと声をあげたくなった。鞄がない。タクシーに忘れてきたのだ。中に入れておいた愛用のメガネも、なくなっている。買ったばかりなのに、と思ってみても、後の祭りだ。

「交通事故にあったと思えば、安いものよ」と妻は簡単におっしゃるが、でもねえ……。

## 父からもらった切手

小学生のころ（一九五五年〜六〇年）、切手ブームだった。「見返り美人」とか、「月の雁」切手などが人気で、学校に切手ファイルを持ち込み、教室で切手交換会なども行われたりしていた。切手の校内持ち込みを禁止した学校も相次いだ。

父が黒の台紙に貼られた切手類を持ってきて「ここには、珍しいのが入っているよ」という。リトアニア、ラトビア、エストニアのバルト三国の切手であった。

「いまは、ソ連になっている（当時）けれどな、昔は独立国だったんだ」

父は戦前、「在満洲国日本帝国大使館嘱託」として、哈爾浜（ハルビン）分駐所に勤め、専検（専門学校検定試験）を目指していたことがある。

「外交行嚢を持って、徳王政府（蒙古聯合自治政府）に使いに行ったこともあるよ」

切手は、分駐所への来信に貼ってあったに違いない。台紙には、満洲国の切手も貼ってあった。いずれも使用済み切手。珍しくても金銭的価値は低いのかもしれない。

私には、そのときに聞いた〝消えた国〟があった事実が驚きであったし、心に残った。

「満洲は〝五族協和〟とかいっていたけどな、威張っている日本人も多かったな。親友に漢族の李君がいたんだ。危篤になってね、リヤカーに載せて、緊急病院に運んだよ。でも、

『ここは日本人専用だから』とか、『支那人は診ない』と何軒も断られて、ついには死んでしまった。身寄りのない奴でね、一人で葬式をあげてやったよ」

その父は、念願の専検を通ったけれども、一高、二高のいわゆるナンバースクールには合格することがかなわず、志望の外交官にも弁護士にもなれなかった。「杉原千畝というリトアニアの領事（正しくは領事代理）がいてな、ユダヤ人にビザを発給して、ナチスから守ったんだよ」といった話もしてくれた。

話は替わる。映画「杉原千畝」を封切館で観る。監督は、アメリカ人の父と日系アメリカ人の母の長男として和歌山県で生まれたチェリン・グラックである。主人公の杉原千畝は唐沢寿明、妻・幸子は小雪、大島浩駐独大使は小日向文世と、芸達者がそろっており、美術セットや音楽もよく、ナチス軍の横暴ぶりも、しっかり描かれていた。

欲をいえば、シベリアから満洲に抜けようとしたユダヤ人に、ビザを与えることを満洲国外交部に働きかけ、二万人ものユダヤ人の脱出を助けた、樋口季一郎ハルビン特務機関長の話も加えてほしかった。ちなみに樋口は、後に陸軍中将北部軍司令官として、アッツ島玉砕、キスカ島の撤退、そして千島列島・占守島の戦いなどを指揮している。さらに札幌において終戦前後の樺太戦も指揮していたのだ。現代史に欠かせない人物である。

徳王政府やハルビン分駐所についても、もっと父から聞いておけばよかった。

## 〃しょっぱい河〃

同居している母は、大正十四（一九二五）年、樺太生まれである（執筆時、九十六歳）。「二つの〃しょっぱい河〃を、渡ってきたからね」とよくいう。宗谷海峡と津軽海峡の二つを渡り、現在は埼玉県に住んでいる、との思いなのである。

「一緒に、樺太旅行でもしてみようか。いまは、パック旅行もあるし……」と誘ってみたことがある。「いや、行かんでもいいよ」が答えだった。

しかし、豊原高女時代の修学旅行のことはたびたび話す。

昭和十六年、開戦の年の春のことで、それこそ〃しょっぱい河〃を渡っての十四泊十五日。東京から京都、大阪まで回っている。

五月一日、午後六時十五分に豊原を出発、午後九時に大泊港を出港し、八時間かけて稚内港に着いた。汽車、また青函連絡船、そして汽車と乗りついで東京に着いたのは四日目の五月四日、午前六時三十四分であった（小湊ミアキさん所蔵の「旅行の栞」参照）。

寝台車の移動ではない。硬い座席の車両である。毎月一円五十銭を三年間貯め、五十四円かけての大旅行であった。「奈良や伊勢神宮も行ったしね、とにかく楽しかったわ」と母。でも、クラスの三分の一が、不参加だったそうな。

その母が、玉音放送に接したのは女学校の卒業後に勤めていた、食糧営団豊原事務所である。所長は「女性の所員は、いますぐに帰宅し、逃げなさい」と命じ、男性所員には豊原駅で乾パンを配らせたと聞く。彼の判断は見事だ。二十歳だった母は家から少しの身の回り品を持ち出し、その母（私にとっては祖母）や姉（同・伯母）たちとともに大泊まで行き、そこで野宿。翌十六日、漁船で稚内に逃れてきた。

祖父や伯父らは昭和二十一年一月に引揚げ船で函館へ。わが爺様は着岸直前、長らくの栄養不足と心労に加え、風邪をこじらせていたため亡くなっている。

問題は、逃げ遅れた人たちだ。母の女学校時代の友人の一人は脱出が遅れ、ロシア兵たちが家に押しかけてきて、強姦されてしまった。その際、それを止めようとして立ちはだかった実兄が、目の前で射殺されたという。こんな悲惨な事件は、至るところで起こっている。当時、樺太に四十万人、千島に二万人、日本人が住んでいたのだが……。

戦後、沖縄の悲劇は、よく語られている。「ひめゆりの塔」は三度も映画化された。満洲からの逃避行やソ連兵の暴虐も、体験記や小説などで少しは知られている。

しかし、樺太の話はあまり知られていない。真岡の郵便電信局の女性職員九人が、青酸カリで自決した話が描かれた映画「氷雪の門」は国内でほとんど上映されていないのだ。

# パリで二十ユーロ

妻と四泊六日、北フランスの観光団体旅行。モンサンミシュエルやベルサイユ宮殿ほか、一通り名所をながめたあとに団を離れて、パリの下町ホテルに二日ほど延泊した。朝、ホテルの一室で大きな市内地図を広げる。最初、ガイドブックの付録を使っていたけれど詳しくはないし、字が小さい。それをフロントに持っていって「拡大コピーをしたい」と述べたところ、「うちのコピー機では拡大ができない」と断られ、地図をくれた。行きたいところを確認。地下鉄路線、行き先終点駅名、もより駅は書きとめる。

パリ北駅で、地下鉄回数券を求めるため窓口に並んだ。次の番だと喜んでいたら、窓口は閉められた。十八時四十五分である。「おかしい」と日本語で文句をいった。けれども、係員は肩をすぼめるだけ。ほかの客は何もいわない。慣れっこなのであろう。また、開くはずとばかりに列を崩さない。当方はもより駅までの券を求めて、近くの自動販売機前に立った。だが、なかなかやりかたが分からない。

白人の青年がやってきて、フランス語と身振りで「これはカードで買うんだ」と示し、財布から出したカードを使って発券させてくれた。嬉しかった。善意を感じたのである。

ところが、そのカードをかざし、「二十ユーロ」というではないか。冗談ではない。約二千五百円を超える。「嘘つくな」（もちろん日本語で）と怒鳴ったら、彼は慌てて逃げて行った。地下鉄で三駅ほどだが、もう地下鉄に乗る気分がしない。予約のレストランまで、タクシーを使おう。駅前のタクシーの運転手に、窓越しに行き先カードを見せる。「ハウ・マッチ？」と問うと、「二十ユーロ」の答え。

もう、怒る気も起きない。駅前のホテルに戻り、ドアマンにタクシーを呼んでもらい、確認すれば「六・五ユーロ」であった。ドアマンへのチップを入れても安く済んだ。

地下鉄駅に入れば、「スリに気をつけて下さい」と、日本語による構内放送が流れる。長年、パリジャンヌに憧れていた妻は夢がいっぺんに冷め、「黒人やアラブ人が多いのねえ」と驚いていた。当方は「植民地を持っていた国は、それはそれで大変なんだ」と、もっともらしく解説をしてみせた。

そうまでして向かったレストランだが、お金のわりに美味しいとはいえず、少々期待はずれだった。しかし、オペラ座地区にあったデパートの地下魚売り場の店頭で食べさせてもらった各種の生牡蠣や生雲丹は絶品だった。白ワインもすすんだ。

最高点は、オペラ座から十数分離れた通りにあった雲南料理店で食べた麻婆豆腐である。パック旅行のフランス料理は、お仕着せ定番メニューばかり。美味とはいえなかった。

## NYで歯が欠ける

十月下旬（二〇一六年）にボストン三泊、ニューヨークに四泊してきた。気温が数度の日もあり、札幌よりも寒いと感じることも……。カボチャなど玄関先に飾っている家が多く、仮装して働いている店員さんがいたりする。ハロウィン気分だけは、ちょっと味わえた。

ボストンで、観光の定番であるボストン美術館とハーバード大学を回る。日本の地方のスーパーマーケットに負けない規模の大学生協に入る。大学マーク入りのノートと、板チョコを買い求めた。大学自然史博物館も見学。地元の小学生が館内で見学授業を受けていて、多様な人種の子供たちが、競って手をあげていた。地下鉄駅近くのメキシコ料理店では、男女学生たちにまじってタコスを食する。「本場の味だね」とメキシコ帰りの友人は語る。

街歩きは、もっぱら地下鉄を利用する。車体が古く、ギコギコ走っている感じがする。オレンジラインを利用してハイマーケット駅下車二分のユニオン・オイスター・ハウスに行く。ケネディ大統領も愛した店だという。一八二六年創業のボストン最古の老舗シーフードレストランだけあって、牡蠣（生と焼き）、クラムチャウダーを食べまくる。味が絶品。店の雰囲気もクラシカルで、心地がよかった。地元の人や観光客で流行っていた。

ニューヨークは五年ぶり。今回、初めてブルックリン地区に足を踏み入れた。映画「ブルックリン」（ジョン・フローリー監督）を観たからである。アイルランドの若い娘が、船でニューヨークにやってきて、ブルックリンに下宿しながら、デパートに勤め、イタリア系の青年と恋に落ちて結婚する物語。一九五〇年代のアメリカを巧みに描いた秀作であった。

　そのブルックリンには、古い町並みが残っている。散策にふさわしい町であり、観光客も多い。ダンボ地区から見るブルックリン橋とマンハッタン高層ビル群は、抜群の眺めであった。徒歩で橋を渡る。三十分あまりかかったか。でも、断然、お薦めだ。ただし、歩行者が散歩しているところを自転車が飛ばしてくるので、注意が必要だ。

　大好きなグランド・セントラル駅にも何回か出かけた。ロバート・デ・ニーロとメリル・ストリープが主演の映画「恋に落ちて」（ウール・グロスバード監督）の舞台である。二階のレストランで、ステーキを食べ、肉が固くて歯の詰め物がとれてしまった。

　コールドスプリング駅まで一時間半ほど、列車にも乗ってみる。

　川幅が広いハドソン川に赤や黄色に染まった山々が映えていた。寒かったから喫茶店に一時間の滞在で、引き返す。夏の川遊びには、最適な地であろう。

　アムトラック特急に乗って、フィラデルフィアにでも日帰りしたかった。チケット購入には、パスポートの提示が必要とのこと。あいにくホテルに置いてきている。断念した。

　ＮＹで泊ったホテルはロジャー・スミス。プラザやウォルドルフなどにも泊ったことはある。でもロジャーが一番サービスがよかった。無料ヨーグルトも食べられたしね……。

## モロッコで「月の沙漠」

「十日間モロッコツアー」に参加してきた。古稀を迎えた当方が最年長で次が妻。ほとんどが三十代の前半であろう。女性が多い。

その一人に「素敵ですわよね、奥様のご旅行におつきあいなされるなんて。私もそんな旦那様を持ちたいものですわ」。オイオイ、間違ってもらっては困る。映画「モロッコ」や「カサブランカ」を観て、半世紀前から当方の憧れの地であったのだ。

ドバイから十時間飛んでカサブランカに入る。近代的な大都市。映画のような雑然とした、殖民地の雰囲気などのぞむべくもない。陸路、首都ラバトへ入った。こちらも近代都市。次の地中海沿いのシャウエンは、白壁にブルーが塗られてあってメルヘンチックな町。小高い山の中腹のホテルに泊る。町が一望でき、朝まだき、町のモスク（イスラム教徒の礼拝所）のミナレット（塔）から、礼拝の始まりを告げる「アル・アザーン」が響いてくる。

四日目のフェズは、迷宮都市とも呼ばれ、旧市街には車が入れず、ロバやラバが荷物運びを行っていた。商店や工芸所、民家もあってワクワクする。

そして五日目、ただただバスで走る。途中で四輪駆動に乗り換えて、砂漠の中の隊商宿を模して建てられたホテルに入った。ホットシャワーもついていて、居心地は心配していたより悪くはない。プールもある。空は澄み切り、星がきれいに見えた。

翌朝、朝が空けないうちから、ラクダに乗る。砂地をわれら一行が、静々と歩みを進めると、人馬（いや人とラクダ）一体のシルエットが長く伸びる。「ああ、これは童謡『月の沙漠』の世界だなあ。月の沙漠を、はるばると～」の一節を、心の中で歌っていた。

そうすると、ツルツルツル。電子音である。スマホの目覚ましが鳴っているらしい。一頭前のラクダからだ。連れのバックから聞こえてくる。オイ、よせ。止めろ。消せ。妻もラクダの上で焦っている。オイ、危ない。よせ。止まるまで待て。何せ、二メートルの高さなのである。格闘ぶりが、後ろから手にとるように見えた。

やっと音が落ち着き、ラクダを降りて、砂山に登った。少し暗がりの中で、日の出を待っていると、東から太陽がゆったり昇ってきた。雄大さに息を飲む。太陽は崇高だ。

さて、下世話な話ながら「ラクダ旅行」はオプションで四十五ドル。価値は充分にあった。ラクダ遣いはラクダをひくだけではなく、砂山登りを補助したり、写真を撮ったり、砂を瓶に詰めてくれたり、サービスに努めてくれるのだから……。だが、添乗員から「二十ドルのチップをあげて下さいね」と指示されたのはムッときたが（強制は嫌！）。

食事の席で「『月の沙漠』の風景でしたね」といっても、周りはシーン。「『荒城の月』は学校で習いましたけれど、『月の沙漠』は習っていないので」。みんな知らなかった。最後のマラケシュの市場は、アラブの世界そのもの。雑然としていて、当方の好みだった。

## 四度目でジ・エンド

忘れ物が多くなってきた。冬は手袋やマフラーをよくなくす。家人に「またあ」と呆れられ、「今シーズンは、これで終わりにして下さいね」と厳命されて、新品が手渡される。雨傘を失くすのはしょっちゅうで、いまはそれにメガネが加わった。

中学一年生から、ずっとメガネをかけている。「日常はメガネなしでも構いませんよ」と眼科医に言われたので、いまはノッペリした顔を六十年ぶりにさらす。遠近両用をやめ、老眼と近眼の二つを持ち歩くことにした。老眼鏡を気張ってはり込んだのだが、それをよく忘れる。何回か地元のメガネ屋に行くうち、ご主人が気の毒がって「こういうのもありますよ」と中国製を薦めてくれた。デザインはともかく、機能は変わらない。値段が三分の一である。それを愛用中、故郷札幌に行く。時計台近くのロックフォールカフェで同級生と歓談した。この店はビルの二階でわかりにくい。寡黙な店主と奥さんがやっており、コーヒーの味も雰囲気もよい。入口には新聞、雑誌がそろっている。窓際のカウンター席の端に座り、友とダべる。埼玉に帰って気づいたのだが、メガネ（老眼鏡）をなくしていた。

それから七カ月。札幌で大学の後輩と会うことにした。場所は、いつもの喫茶店である。

「お久しぶりですね。これ、お客様のではありませんか」

カウンターの席に腰を下ろしたとたん、白髪のご主人から老眼鏡が手渡された。

「あっ、ここにありましたか。ありがとうございます」

帽子にも、泣かされている。クリスマスに、妻から「今度は、これを被ったほうがいいわよ」と黒の野球帽（キャップ）が渡された。頭が大きいので、被ることができたら何でもよいといっていたが、でも、プレゼントは気に入った。一月に入り、当時教えていたゼミ生から「先生は、お酒が好きですか」と訊ねられた。要は学生本人が飲みたいのである。

「何人、参加してもよい。私が一万円払う。残りは君らのワリカンだが」

ゼミの最終日、残っていた男子二人に女子一人。多摩センターに出て居酒屋に入った。

「駿河台校舎って、どんなんだったんですか」

その問いにも答え、一時間で立ち上がる。長居してはいけない。帰宅し、帽子忘れに気づく。電話をしてみると学生らはまだ飲んでいた。「新学期に届けます」。新学期のゼミ第一回目、新ゼミ生の一人から「先輩から預かりましたので」と野球帽が届けられた。

モロッコから帰国途中、乗り換えのドバイ空港で、因縁の帽子を忘れてきたことに気づいた。忘れたのは最後のホテルであったか（？）。もう、引き返すわけにもいくまい。件（くだん）の帽子を忘れたのは、かれこれ四度目である。さすがに、これでジ・エンドである。

## ジャワ島でもスマホ

まずインドネシアの観光地、バリ島のデンバザールに飛んだ。

国際空港だけあって、首都のメイン空港といってもいいほどの施設だ。残念ながらローカル線ターミナルにはつながっていない。十五分ほど歩く。案内看板は見当たらない。何度も地元の人に訊ねる。大型旅行カバンを引きずっての移動はいただけなかった。

それよりも、ジョブジャカルタ（ジャワ島）への乗り替えである。搭乗時間になっても、搭乗案内が始まらない。問い合わせると「搭乗口は変更しました」という。

「それならば電光掲示板の表示ぐらい、替えておいてくれよ」と文句をいいたかったが、慌てて新しい搭乗ゲートに向かう。ほかの乗客らも十数名、続いてきた。

バリ島で一時間遅らせた時計を、さらに一時間遅らせる。インドネシアは中部（バリほか）、西部（ジャカルタほか）、東部（シャングリラほか）の三つの時間が存在する広大な国でもある。しかし、ジャワ島の面積は十二万七千平方㎞しかない。日本の本州は二十二万八千平方㎞で、約一億人が住んでいる。そのジャワ島には、一億五千万人が暮らす。

「インドネシアは、ジャワ島だけだと、もっと経済発展する」といった学者がいた。それが通るならば「日本は本州だけだと……」ともいえる。道産子の当方にとっては、腹が立つ言い方だ。

ジョブジャカルタの二大観光地、ボロブドゥール遺跡とヒンズー教のプランバナン寺院を見学した。いずれも壮大で見応えがある。何よりも観光地として手入れが行き届いている。トイレも清潔だった。これも、再選されたジョコ・ウィドド大統領のインフラ整備の一環か。バリ島に三十年住む日本人女性が「メガワティ（スカルノの長女、元大統領）はひどかったわ。きれいごとはいっていたけど。ジョコは堅実です」と支持を表明していた。

郊外のホテルから王宮に出かけようと思った。往きはホテルからのタクシーを使うとして、帰りをどうするか。市内では流しタクシーがほとんど走っていない。ウーバー（Ｕｂｅｒ）をはじめスマホで、タクシーを呼ぶ方式に取って替わられている。現地語も英語も不得手で決済方法もわからない。利用を躊躇してしまった。結局、旅行社のガイド付き車の借り上げを利用する。高くついたのかな。でも、ガイド氏が懇切丁寧で満足する。

帰路、バリ島も観光した。愛媛県ほどの面積に四百二十二万人が住む。愛媛が百三十五万人だから、ここも人口密度が高い。

でもね、東京の五月のような風でさわやか。世界屈指のリゾート地なのである。オーストラリアからの家族連れを多く見かけた。ジャコーネココーヒーがうまかった。

## 父は経済調査官

大正七（一九一八）年生まれの父は、「フィギアスケートと計算尺が、ちょっと得意だね」と言っていた。いまから百年以上前、オホーツク海に面する北海道興部（おこっぺ）で生まれ、少年期を過ごした大正人にとって、それらは自慢できることなのかもしれない。

事実、中島公園（札幌市）の屋外リンクで、父が「8の字」を書くスケートの試技をしていると、青年たちが寄って来て、「教えてください」と頼まれているのを何度か見ている。「足の大きさが固まってきたらフィギア靴を買ってやる。フィギアをやれ。単純なスピードよりも面白いぞ。フィギアも硬式テニスも、みんなハルビンで覚えたのさ」

父は旧制中学を中途退学。満洲に渡って交通局（満洲国哈爾浜特別市公営交通局庶務課）勤務となる。昭和九年のことである。十六年五月からは在外公館（在満日本帝国大使館哈爾浜分駐所）嘱託となる。つまり総領事館の非常勤職員となったのである。給付生みたいなもの。勉強する時間もできて、専検（現在の大検みたいなもの）に合格し、戦前に中大専門部（法科）に進んでいる。したがって、終戦を満洲で体験はしていない。

「仕事に勉強さ。それに麻雀やトランプ、花札に酒やタバコと……」

その先は、言いよどんだ。悪所通いも、覚えたのかもしれない。父のもう一つの得意は、計算尺である。目盛りの入った物差しのような尺を動かして、割り算や掛け算をする実用具である。足し算や引き算は算盤にかなわないものの、持っていると便利なものであったと記憶する（当方は使ったことがない）。電卓が普及するようになって、職場から消えた。

「全国の経済調査官の試験で、計算尺が二番だったんだぞ」

父は戦後、北海道の斜里郡小清水町で農場を始めた。荒地を開墾し、畑地にして行く。

「電気はなくてランプ。井戸水で洗濯に炊事。畳は柔道畳だったのよ」

九十六歳となった母は、新婚当時のことをこぼす。そこで生まれた私や母が病弱だったため、父は離農を決断し、札幌に転居。経調（経済調査庁札幌管区監査部）勤務となる。

その経済調査官だが、配給制度を維持するための取り締まり機関か、麻薬取締官みたいなものか。それとも経済の統計・調査をしていたのか。生前、訊いておけばよかった。

「経調が改組になるとき、国家公務員のほうに残っていれば、現在の経済企画庁となっていたのかな。だけど地方公務員の道を選んだのさ。道庁（北海道総務部税務課）勤務時代に、まだ若手だった小平（忠）代議士（後に民社党副委員長）の接待を受けたな」と父が語った。

上司の課長と一緒だったのであろう。私が小平さんにごちそうになったとき、「父も」と報告したら、「えっ、君のお父さんとも会食したことがある？　覚えていないなあ」。

父は、新しい職場が水に会わなかったのか、一年半でやめている。それからは民間企業を渡り歩く。「あのまま道庁に勤めていてくれれば」が、母の愚痴の定番であった。

## 古関裕而作曲

朝、NHKで連続テレビドラマ「エール」を観るのが楽しみだった。一九六〇年結党の民社党の党歌も、古関裕而さんが作曲されていたからである。

同年三月に、民社党は「党旗、党章、党歌の公募」をはじめ、六月二十五日に都市センターホールで「曲の披露会」を行っている。

作詩はベテラン教師だった室谷幸吉さん。「日頃胸にあるものをはき出すつもりで歌をつくりました」という。審査委員で補作者の藤浦洸さんは「原作は一、二番だけでしたが、三番をつくり、ほぼ満足に近いものができた」、同じく審査委員の平林たい子さんも「民社党を一言であらわした党歌ができて喜ばしい」とほめている。何よりも作曲の古関さんは「詩を拝読して、これはつくりがいいと直感しました。特に『新しき世の』という、うたい出しが、私の頭の中にあった旋律をひっぱりだしてくれるような気がし、ほんとに一気につくりあげました」と言われている（以上、『民社新聞』第三八号、一九六〇年七月一日付）。

ところで、どういう経緯で、当代一流の人気作曲家に曲を依頼したのか。なぜ引き受けていただけたのか。これが詳らか（つまびらか）ではない。

受田新吉党旗等制定委員長が、校歌をつくった経験（？）を生かして直接頼んだとする受田説、民社党の大ファンであった菊田一夫さんを通じてお願いしたとする菊田説、「勝ってくるぞと勇ましく」の「露営の歌」を作詞した薮内喜一郎さんが党福島県連の書記長を務めていて、その線ではないかとする薮内説などがあるが、元民社党本部の大西正悦さんによると、作詞家の藤浦さんを通じて依頼されたのではないかとのこと。

古関さんご本人は「歌というものは、みんなが愛するところに価値があるものですから、大いに歌って下さい」と語っている。毎年の民社ＯＢ会でも、党歌が全員で歌われる。「自由こそ我らが命」（一番）、「今ぞなさん愛国の政治」（二番）、「安寧を我らは開く」（三番）といった詩はもちろんのこと、メロディも出席者の心に響くのである。

実は私、新進党本部時代、党歌を作ろうと思い、広報企画委員会に提案する。すんなり作成が決まったが、小沢幹事長の側近で経理の八尋護さんから「上が了承しないので」といわれ、前に進まなかった。その後、五十二歳のとき、産経新聞の記者となる。新年の社員総会に国旗と社旗が掲げられており、国歌斉唱も行われた。感激する。わが民社党で、党歌はよく歌われたけれども、国歌斉唱のほうは少なかった気がしたからである。

さて、その民社党歌。現在、ネット検索で聞くことができる。歌っている方は伊藤久男、松田トシの両氏。日本コロムビアからレコードも発売（三百円）されていたという。

## わがＰＣＲ検査

珍しく三十八度五分の熱を出した（二〇二〇年六月）。まず市販の風邪薬を飲む。いったん熱は下がった。でも、翌々日には、三十七度九分の熱が出る。ぶり返しがやってきた。

「すぐ、ＰＣＲ検査を受けてね」が山の神の厳命である。

「コロナにかかってもさ、身体が丈夫なら、撃退できるんだよ」と反論。

「何、いっているのよ。あなたは若者ではないでしょ。糖尿病持ちで高齢者じゃない。それに、九十五歳（当時）のお母さんがいるのよ。〝母殺し〟となっても、〝妻殺し〟となっても寝覚めが悪いでしょ」だって。わが妻のいうことは、いつだって正しい。そこで、同じ町内の発熱外来、ふじみの緊急クリニックの窓口に電話をかけた。

「お車か歩き、あるいは自転車でいらして下さいね。公共交通機関は利用できませんから」

そう言われたって、車は（免許も）持っていない。病院まで、歩いて四、五十分はかかる。高熱は引いていたものの三十七度五分。微熱が出ている。途中、ゆるい坂道もある。自転車では無理なのだ。思いあまってタクシー会社に電話する。病院名を告げたら「そちらには行っておりませんので」と拒否された。緊急車を呼ぶほどのことではないし……。

幸いにして乗せてくれるタクシー会社があらわれ、無事、検査を終えた。問題は帰宅の方法です。何社か電話をかけたが「お昼でして」とか、「そっちの方面には配車しておりませんので」と断られる。歩きはじめて五分、帰社するタクシーを発見。地獄に仏でした。

陽性なら、翌日、遅くても翌々日の昼までに、携帯に電話がかかってくるとのこと。そういうときに限って、日頃かかってこない電話が、何本もかかってきたりする。

アラッ、わが携帯から着信音です。おそるおそる電話に出てみる。

「やあ、しばらく。元気だった?」と友の暇つぶし電話である。長い。

「悪い。かかってくる電話があるもので」

本当はかかってきても、困るのだが電話は空けておかなければならない。結局、「待ち電話は来ず」。陰性であった。支出は病院代（ＰＣＲ検査並びに肺の映像検査代）が四千二百八十円、薬代が五百九十円、タクシー代（往復）が五千三百円、計一万百七十円である。国保の前期高齢者であり、安心料と思えば低料金といえる。でも、痛かった。

以前、マカオから中国珠海市に歩いて入ったことがある。タクシーに乗ると運転席と後部座席の間はもちろん、助手席との間もアクリル板で仕切られていた。強盗対策である。

それを、日本でも応用したらどうか。発熱客用のタクシーを設ける。料金は深夜料金並みの二割増しとする。各社に何台かの対応車を用意させたらよい。割り増し料金の半分は会社、残り半分は乗務員の手当とすればよい。

## 「イクさん」

元参議院議員・伊藤郁男さんは、民社党本部の先輩である。みんなから「イクさん」と呼ばれていた。そのイクさんだが、九十歳で亡くなられた（二〇二〇年十月）。二代目の民社ＯＢ会の会長でもあったし、お世話になってきた御一人だけに、感慨深いものがある。

党本部に勤め出したとき（一九七一年四月）、伊藤さんに「ちょっと吉祥寺に行ってくれないか、同じ伊藤だけど縁戚ではない」と頼まれた。伊藤重雄武蔵野市議会議員の選挙である。気楽に引き受け、吉祥寺に行ってみると選挙事務所は自宅。運動員は町内会の人たち。家族選挙である。もっぱらウグイス・ボーイを務めた。お昼過ぎ候補者自身が「ちょっと休んで行こう」と木陰に宣伝カーを停めて昼寝タイム。「大丈夫ですか」と聞くと、「下から数えて何番目かだが確実に当選するよ」と悠然たるもの（註・中位で当選した）。

その晩、イクさんが陣中見舞いを持って現れた。早速、酒盛り。イクさんの自宅は葛飾だけに、当方の旅館（連れ込み）に泊ることになる。「紅顔の美少年と一緒に入るところでもないしなあ」と伊藤さん。「コウガンといっても、厚顔無恥のほうですけどね」と私。入るときは夜だったから良かったけれど、問題は朝。二人は時間をおいて宿を出た。

伊藤さんと親しく口をきくようになったのはチェコ事件（一九六八年八月）のときから。

二十一日正午のＮＨＫニュースで事件を知り、私が民社学同の仲間ら三人と「ソ連はチェコから出ていけ」というプラカードを作って、狸穴のソ連大使館に抗議に出かける。日本で初めての抗議活動として、翌日の「毎日」朝刊社会面に写真付きで報じられた。

伊藤さんは「学生だけにまかせておけないよ。日本人みんなの問題だ」といわれ、奔走されて、同盟や民社研も巻き込んで「チェコ侵略抗議国民集会」を開いた（八月二十七日）。芝公園からソ連大使館前まで五百人でデモ行進し、糾弾演説を行った思い出がある。

その伊藤さんが参議院選挙に出馬するとき、当方が対談集「日本に明日はあるか」（サンケイ出版）を編集した。「君は文章の切れがよいから、ぜひ俳句をやったらよいよ」とか、「声がよく通るし、詩吟を習うのもいいね」ともいわれた。古稀を過ぎたいま、「どちらか一つでも試みておいたらよかったかな」と後悔している。

一緒に神戸の会議に出かけた夜、小料理屋に入る。そこにカラオケがあって、「一曲やらないか」と誘われる。点数が出る機種だ。「僕、下手ですから」と逃げるも、「まあ、点数なんて、どうでもいいじゃないか」といわれ、それもそうだなと思い、受けて立つ。

伊藤さんは「信濃追分」、当方は「若い二人」。六十五点と八十点だ。おかしい。間違っている。イクさんの歌は朗々として味わい深い。当方は譜面通りというか、淡々としていて艶がない。ところが、機械は事務的で非情だ。「もう一曲」と伊藤さんが挑戦してきた。当方は「惜別の歌」で応戦し、それで打ち止めとした。再戦はしていない。

## 金門島は大丈夫か

関空から全日空便で、廈門(アモイ)に飛んだときのことだ。機内は、中高年男性四人組が多い。本場に、麻雀を打ちに行くわけではあるまい。ゴルフが目的ではないか。

「いえ、それもありますけれどね、〝十九番ホール〟のほうが目的の方も多いんですよ」

現地の旅行社氏の〝分析〟である。ゴルフをやらない当方、酒と女性にまったく興味がないという朴念仁ではないが、そのときの旅の目的は別にあった。

二〇〇一年一月一日から、中華人民共和国の廈門と、中華民国(台湾)の金門まで(通称・両門)、フェリーが通うようになった、と伝えられていた。それに、乗ってみたかったのだ。しかし、チケット売り場で「両岸(大陸と台湾)の人以外はお断りです」と拒否される。

今も果たしてそうであろうか。両門の間は二キロ余ぐらいである。廈門側の高台から金門島が見えた。かつて国・共両軍が激戦を繰り広げた地。文字通り指呼の間であり、そこで国民党軍の軍師として活躍した、根本博・元陸軍中将のことを忘れてはなるまい。

彼は「終戦後の昭和二十年八月二十日、内蒙古の在留邦人四万の命を助けるために敢然と武装解除を拒絶し、ソ連軍と激戦を展開、そしてその後、支那派遣軍の将兵や在留邦人を内地に帰国させるために奔走した人物である」（門田隆将著『この命、義に捧ぐ』集英社）。

なお、内蒙古での戦いは、稲垣武著『昭和20年8月20日』（光人社NF文庫）が詳しい。

門田著では、中国から帰国に際して、中華民国から恩義を受けたと感じた根本が、一九四九年に劣勢となっていた国民党軍を救うため、宮崎から密航して台湾の基隆に渡る。さらに台湾本島から百八十キロ離れた廈門に駆けつけ、同地を放棄し、金門島を死守する作戦を提案。現地指導を行って大勝利に導き、今日の自由台湾の礎を築いた。蒋介石総統が感謝し、根本に花瓶を送っていると門田著で詳述されている。両書のご一読をお薦めする。

加えて、台湾映画『軍中楽園』（ニウ・チェン監督＝二〇一四年）も見られたらよい。台湾防衛の最前線・金門島に、軍管理の慰安所が設けられていた。そこが映画の舞台で、徴兵されて本島からやってきた青年兵士や、大陸で内戦中に強制的に国民党軍に組み込まれ、望郷の念がやまない中年下士官、そして様々な事情から慰安婦となった女性たちが、人間臭く描かれている秀作である。

慰安婦と聞くと、朝鮮半島の女性を思い出す人も多くいる筈。慰安婦のうち八割が日本人だった事実はともかく、日本政府や日本軍が、朝鮮女性を強制的に慰安婦にしていたのか。そこが問題の本質である。強制した物証は、いまだ出てきていない。

ところで、金門島は、また砲撃されるのか。尖閣ともども大いに気にかかる。

## 青春の『改革者』

初めて『改革者』（月刊誌）を手にしたのはいつか。たしか十九歳ではなかったか。いまから五十数年前の話である。小学六年生のとき、民社党が誕生した（一九六〇年）。理路整然たる西尾末廣党首の言説に魅了される。高校の新聞に「私は民主社会主義者である」と言い切ってみせたものの、よく理解していたわけではない。そこで、大学入学を期に民社研（民主社会主義研究会議、現在の政策研究フォーラム）に入る。そこの機関誌が『改革者』である。

一九六七（昭和四十二）年、民社学同（日本民主社会主義学生同盟）結成にも参画する。遠藤欣之助『改革者』編集部長に「民社学同について書いてよ」と依頼された。

原稿料は四百字詰め一枚四百円。十枚書いたので四千円になるのか、と期待していたけれど、送られてきたのは三千六百円。源泉徴収が一割だったのを知らなったのである。当時、池袋西口から十数分の四畳半に住んでいて、家賃が四千円だった。一日のバイト代が八百円の時代で、「半日分足りないな」と思ったものである。

一九七二年、民社党は中央理論誌『革新』（月刊）を創刊。前年、大学を卒業し、党本部に入っていた私が、『革新』事務長（編集実務責任者）となった。『改革者』を参考にしながら編集にあたる。その一方、『改革者』に共産党、社会党、社会主義協会、革新自治体、国鉄、インドシナ難民問題、ミャンマーなどについて本名やペンネームでよく書かせてもらった。中でも政策審議会の梅澤昇平さん（現尚美学園大学名誉教授）と「日本共産党のすべて」と題し、十八課題について分担執筆をしたことが懐かしい。一九九三（平成五）年、その梅澤さんが大内啓伍厚生大臣の政務秘書官となり、『改革者』誌の編集委員を退かれた。その後任として当方を指名。かれこれ二十八年、編集委員を務めていたことになる。

その間、二度ほど委員辞退を申し出たが、政策研究フォーラムの堀江湛理事長（当時）に「余人を持って代え難し」とおだてられ、根がお調子者だけに居座ってしまった。今年、当方の理事退任にともない、委員の辞退を申し出た。加藤秀治郎副理事長（当時）から「役員定年と編集委員は別ですから」とあたたかいお声があった。しかし、いつまでも席をあたためているべきではない。

二、三十代の政党機関紙誌編集者時代は、企画を常に二、三十本あたためていた。五十代で産経新聞記者となっても、編集企画を考える習性は残っていた。六十歳で内外ニュース社に入り、『週刊世界と日本』編集長時代も、当初は十数本の企画案ストックがあった。六十六歳になったとき、五本ぐらいしか思いつかない自分に唖然とする。退職を願い出た。

それも昔の話。現在は『改革者』のリモート編集会議に提出する企画案も、いつも二、三本である。もう潮時なのだ。長い間ありがとうございました。

第Ⅲ部

# 僕は六口（むくち）

## 戸別訪問の解禁を

米大統領選の真っ最中に、ニューヨークとボストンを訪問した（二〇一六年十月末）。しかし、ネット、新聞、テレビの中で、熱気の帯びた戦いが繰り広げられていたものの、街はハロウィン一色。ドーナツ店にまで、仮装した店員が働いていた。唯一、トランプタワー前の道路にパトカーが止まっていて、妨害を警戒していたことが印象的であった。余談ながら、当方も同タワーをバックに写真をパチリ。お上りさんである。

それはさておき、アメリカの各種選挙は、資金集めパーティや演説会、そして戸別訪問が運動の中心である。ところが、日本では戸別訪問が禁止。ポスター貼りやビラ配り、それに大音量による連呼が、選挙期間中の風物詩となっている。つまり、決められた運動員による、限られた〝選挙運動〟によって投票が行われているのだ。

果たして、それでよいのか。いっそ戸別訪問を解禁してみてはいかがか。

そもそも、戸別訪問を認めれば、①金銭の授受、買収が行われやすくなる②動員力のある組織政党が有利になるなどの危惧があるからだ、と言われてきた。

しかし、「買収は違法である」は、浸透してきているし、小選挙区制になって、同じ政党の候補同士による戦いがなくなり、投票行動は金額の多寡による、といったことは少なくなってきている。何よりも戸別訪問が解禁されれば、候補者並びに政党の政策力や説明能力が問われてくる。さらに選挙運動への参加者が増えて行く？

（平成二十九年二月）

## 名前は「民主」だが

北朝鮮の正式名称は、朝鮮民主主義人民共和国である。「拉致」や「暗殺」、「公開処刑」を繰り返す国が、「民主主義」を謳うとは笑止千万。

朝鮮労働党と、かつて（いまも？）友党であったのは、日本社会党である（現社会民主党）。日本人の拉致問題やラングーン事件、大韓航空機事件などで、北朝鮮〝擁護〟発言を繰り返してきた。「民主」を党名に加えた社民党は、いま、どう考えているのか。

話は替わる。

政権政党・自由民主党が自由で民主的であったとして、連立を組む相手＝公明党は、果たしてどうか。政権を共にするだけではなく、選挙協力ほか自公連携が深まっているだけに、疑念は残る。

また、かつての民主党、いまの民進党（執筆時＝現立憲民主党）は、日本共産党と選挙協力を行おうとしている。党内保守派は「共産党と組めば、保守票を減らす」と反対しているそうだが、逆にいえば「票が増える」なら共闘するのかとなる。日本共産党が、欧州の共産党のように党名を変更し、綱領も変えて社民化しているのなら、それも理解はできる。しかし、彼らは党名も綱領も変更していない。何よりも共産主義を捨ててもいない。

さらに、いわゆる革新自治体では社共共闘の結果、社会党は侵食されて行った。東欧などで人民戦線を組んだ政党も同様である。その歴史まで忘れたのであろうか。民主主義政党が全体主義勢力と組むと、確実に利用される。と言っても、選挙は勝たねばならない。国民一人一人が民主主義政党を育てる行動をすべきなのだ。でもね……。（平成二十九年四月）

## 予備医師や看護士も

自衛隊に予備自衛官制度がある。普通は民間人と生活していても、有事となれば、直ぐ駆けつけて第一線に立ち、戦う人たち。毎年、五日ほどの訓練も行っている。

医療現場においても、予備医師や予備看護士を設けたらよいのではないか。

予備医師には歯科医師や獣医師、予備看護士には介護士や医療関係の各資格者らが適任であろう。医学部や看護学部の上級生を加えることも考えられる。現代の「学徒出陣」である。現にイタリアでは医学部生が国家試験免除で現場に出たという。一人前の医者に育てるには、十年以上の歳月と数千万円の育成費用がかかる。予備資格付与に当たっても、教育が必要であり、その費用もかかる。予算措置を講じたらよい。英国であったか、客室乗務員組合が看護士を助けることを申し出たというニュースを聞いた。

今後、医療防護服や医療用マスク、感染症対策の医療機器や病室がそろい、特効薬やワクチンだって、開発されてくるであろう。

問題は人材である。憲法論議さえしない政治家や、前例墨守の官僚に任せておけない。

成果を上げているニュージランドのアンダーン首相（労働党）、台湾の蔡英文総統（民進党）、ドイツのメルケル首相（CDU）と、いずれも女性政治家である。日本でそうなる日はくるか。

あの知事に期待する半面、危うさも感じている（拙著『とおる政治覚書』桜町書院参照）。ところで韓国と台湾だが、それぞれ北朝鮮、中国と対峙しており、戦時体制国家なのだ。日本と緊張感が違う。


（令和二年五月）

## 中国「海警法」対処を急げ

バイデン米新政権が動き出した。

日本のマスコミでは、尖閣に「米国の日本防衛義務を定めた」日米安保第五条が適用されるかどうか、米高官はどう発言したかが大きく取り上げられている。

これはトランプ・金正恩の米朝首脳会談において「米大統領が日本人拉致問題を取り上げてくれたかどうか」が執拗に追いかけられていたときにも感じたことだが、ちょっとおかしくはないか。

事は、日本の領土や国民の安全に関することである。問われるべきは日本自身がいかなる方針を持っているか、どういう方策を講じているのかである。米国が協力してくれるかどうかは、次に考慮すべきことではないか。もし、そうでないとするなら、いまだ〝植民地根性〟が抜けていない、と言わざるを得ない。

中国が「海警法」を改正した。尖閣をはじめとする、中国の領域と称する海域内において、武力行使を国内法的に可能としたのだ。既に、中国公船による尖閣海域への侵犯が相次ぎ、操業中の日本漁船が追い回される事態も発生している。人民武装海警部隊といっても、海軍の指揮下にあることを忘れてはなるまい。

さて、日本はどうする？

わが国自身が毅然たる対応を示さないかぎり、米国が助けてくれるものではない。いまコロナと尖閣への対処が急務だが、相変わらず国会では、モリカケサクラに続き接待疑惑追及が第一とは、あきれるばかりだ。

（令和三年三月）

## 「歴史総合」で現代史理解を

令和四（二〇二二）年から、高校に「歴史総合」「地理総合」「公共」といった科目が新設される。それにともない教科書も一新されることになった。そこで各教科書において国後島や択捉島などの千島列島、歯舞群島と色丹などの北海道付属諸島、島根県竹島、沖縄県石垣市の尖閣諸島といった日本固有の領土の記述も、重視されていると思われる。それは、日本国として当然のことであり、一歩前進と評価する。

かてて加えて、「大学入学共通テスト」において、日本国領土に関する問いを出してはどうか。さらに、「国家公務員試験」においても、同様の問題を出題したらよい。

一九七七年、世界青少年交流協会の日本青年代表団の一員として、全土共産化したベトナムを二週間旅行する。景勝地・ハロン湾のホテルで、ポーランドから来た青年らと一緒になった。カタコト英語で話す。なかなか通じない。彼らの一人が、紙に「１９０４〜１９０５」と書き、「ジャパン・グレート」という。われらの多くは、それ、ナニ？という顔。キョトンとしている。「それは日露戦争を讃えているんだよ」と日本の仲間に解説する。だから、「歴史総合」が始まるのは喜ばしい。一八四〇年の阿片戦争から、ここ百八十年余、日本史も世界史も一体で学ばなくては、現代史を理解できるものではない。

大河ドラマ「青天を衝け」を見ていると、農家の青年たちが清と英国との戦争を知り、危機感を抱いていたことがわかる。現代史を知らないと、ご先祖様に申し訳ない。

（令和三年四月）

## アウンサンスーチー女史の〝私欲〟

ミャンマーについて、相変わらず「善悪二分法」がまかり通っている。クーデターを起こし、治安維持のためとはいえ、多数の死亡者を出している国軍が、「悪」とされるのは理解できる。しかし、アウンサンスーチー女史率いるＮＬＤ（国民民主連盟）を「善」とするのは、いかがなものか。

そもそも今回の事態は、二〇二〇年総選挙において①「不正があった疑いがある」選挙区の投票を再調査せよ②その結果が出るまで大統領の選出などを行う国会開会を見合わせるべきだ、という軍系の政党・ＵＳＤＰ（国家団結発展党）の主張を、ＮＬＤ政権が退けたことに起因する。

推測するに「不正はない。私たちは公正に選ばれた政権だ」と女史が突っぱねたのであろう。二〇一五年総選挙ではＮＬＤが「不正」を訴え、それをＵＳＤＰのテインセン政権は受け容れ、再調査したと聞く。今回も粛々と再調査に応じればよかったのだ。国会開会だって、調査結果が出てくるまで待てばよい。ＮＬＤは政権を握っていたのだから地位は安泰だった筈。仮に再調査で、ＮＬＤからＵＳＤＰに議席移動があったとしても、影響は少なかったであろう、と予測されていたのだから……。

否、待てよ。

たとえ数議席でも「憲法改正のため四分の三以上の賛成」の要件を満たすため、必要不可欠だったのかな。そうだとすれば「憲法改正をして大統領になりたい」アウンサンスーチー女史の〝私欲〟である。

〝国家顧問兼外相〟として大統領以上の権限を持つと言われていたのだが……。

（令和三年五月）

## 【提案】「第百四条」加憲の勧め

現在まで、政府のコロナ対策は、自粛要請や要望でお願いをするしか方法はない。命令や取締り、罰則はない。強行すれば営業権の侵害であり、憲法で保証されている生活権を脅かしていると、「行政訴訟」に持ち込まれる可能性を秘めている。

「日本国憲法は平時憲法だ」と喝破したのは、小林昭三早大名誉教授であると聞く。

現憲法には非常時、つまりコロナなど疫病の大流行、東日本大震災のような大災害、尖閣などへの軍事侵略などに対応する条項が、書き込まれていない。他国では非常事態や危機管理に関する対応方針が、憲法で明文化されている。

日本国憲法の制定当時、日本には占領軍が駐留していた。憲法草案を作ったＧＨＱ（連合国軍最高司令官総司令部）は、いざとなれば自分たちで対処する、と想定していたのかもしれない。本来なら国家主権を回復したとき、憲法を改正すべきであった（西独はやっている）。

そこで、提案である。

日本国憲法の全百三条の後、第百四条として「緊急事態への対応」条項を設けてはどうか。創憲会議（旧民社党系）の「憲法草案」第八十七条を援用すれば済む。コロナ対策を進めるには、根拠法の確定が必要なのである。

（令和三年九月）

**■参考　創憲会議「新憲法草案」第八十七条〈緊急事態への対応〉**

①防衛緊急事態、治安緊急事態および災害緊急事態において、内閣総理大臣および国会が行使する権限は本条の定める原則に従い、法律でこれを定める。

②内閣総理大臣は、この憲法および法律に基づいて、緊急事態の宣言を発し、軍隊、警察、消防その他国および地方自治体のすべての機関に対し、直接に必要な措置を命ずることができる。

③内閣総理大臣は、緊急事態の宣言を発した後十五日以内に、国会の承認を求めなければならない。国会両院を召集できないときは、合同委員会に承認を求めなければならない。

④緊急事態が宣言されている間は、衆議院を解散してはならない。

⑤緊急事態において内閣総理大臣が命ずる措置は、国民の生命、自由および財産を保護するために最小限のものでなければならない。

（「創憲会議」平成十七年十月発表）

■註　（イ）創憲会議は民社協会（旧民社党）所属の政治家、旧同盟系の労働運動家、政策研究フォーラム（旧民社研）の学者や研究者などで構成。新憲法草案『国を創る、憲法を創る』は一藝社で出版された。

（ロ）「草案」①に「疫病蔓延緊急事態」を書き加えたらよい。

（ハ）「草案」②の「軍隊」は「自衛隊」とあらため、続けて「海上保安庁」も例示したらよい。

## 後は一直線―あとがきに代えて―

七十四歳となったいま、その〝第四コーナー〟を曲がりつつある。後は一直線。ラストスパートをかけるだけである（あくまでも、〝余力が残っていれば〟の話ですけどね……）。

「人生百年時代」

古稀を過ぎたあたりから、四十代からの成人病（糖尿病や高血圧）に加えて、ハ（歯）、メ（目）、コシ（腰）と、身体の不具合が相次ぐ。〝経年劣化〟なのである。

六十六歳のとき、編集企画案が全然浮かんでこない。そんな自分に嫌気がさして、勤めていた「世界と日本」編集長（内外ニュース社発行）を辞した。「今後、何をするのですか」とか、「趣味は何ですか」と後輩から尋ねられ、満足させられる（する？）答えが浮かんでこない。大学講師として、「ジャーナリズム論」や「文章表現論」なども担当していたが、まず、それらに力を注ごう。たしかに、新聞記者をしていた体験が若干はある。

しかし、本格的にジャーナリズムや文章表現について教わった覚えはない。ならば文章だけでも、〝ジジイの手習い〟をしよう。そう思い立ち、エッセイストの山本ふみこ先生の門をたたく。習い、教わることは新鮮であった。

学卒で民社党本部に入る（昭和四十六＝一九七一年）。機関紙誌の編集や宣伝器材の制作、企業でいえば経営方針にあたる運動方針の草案、もしくは委員長談話や党声明、はたまた詫び状や糾問文の作成まで携わってきた。でも、エッセイは、それらとまったく違う。二十歳のころ、一作だけ短編小説を書いた経験はあるが、それとも異なっていた。まさに〝未知との遭遇〟である。

ふみこ先生が、テーマを課してくださる。それに沿って、一千二百字程度のエッセイを書く。先生から適切な朱入れと講評があって、再び推敲し、作品を完成させる。

その成果の断片が、第Ⅰ、Ⅱ部の骨格を成す。なお、その一部は、すでに『改革者』『月刊時評』『きずな』『小窓』『神楽』などの諸誌に発表してきた旧稿から選んでいる。

さらに、第Ⅲ部として、「やまと新聞」（電子版）に執筆したコラムも加えた。

ちなみに、「僕は六口（むくち）」のタイトルは、青年時代からの友、宮坂幸伸君に「お前のムクチは、口が無いほうではなく、六つの口のほうだ」と言われてきたことに由来している。

新型コロナの流行で、すっかり生活が変わってしまった。

旧友（元全共闘で大企業の役員となった男）が「このごろ自衛隊に頑張ってもらいたいと思うね」と語っていた。学生時代の彼は、バリバリの護憲派であった筈（当方は、当時も今も改憲派）。「宗旨替えか」とは質さなかった。〝武士の情け〟もある。それよりも年をとると〝右も左も、男も女も、金持ちも貧乏人も、人生においてそんなに大きな差はない〝の心境となってきたのだ。これが〝老いる〟ということか。それとも遅ればせながらも〝悟った〟ということなのか。

――いや、そんなことではあるまい。

その詮索はさておき、〝終活〟をしているつもりは微塵もない。まだまだ「人生チャレンジ」の気分である。よみうりカルチャー川越で、「『書く力』をつける入門講座」を持っている。政党本部職員、衆院議員政策秘書、全国紙記者、評論紙編集長、大学講師と〝硬派〟の道を歩んできた。もし叶うことなら、別の〝軟派〟の道も歩んでみたかった。

本書は、『民社育ちで、日本が好き』（展転社）の続編である。『裏方物語』（時評社）や『本音でミャンマー』（カナリアコミュニケーションズ）の系譜につながるエッセイ集であり、それらを併せ読まれていただけるのなら幸いである。

出版にあたって、エッセイ教室の山本ふみこ先生や展転社の荒岩宏奨、相澤行一の両氏にたいへんお世話になった。感謝です。

**寺井融（てらい　とおる）**

昭和22（1947）年、北海道斜里郡小清水町生まれ。中央大学卒業、日本大学大学院前期課程修了。民社党月刊誌編集部長、同総務委員会事務統括、新進党広報企画委員会事務局長、西村真悟衆院議員政策秘書、産経新聞記者、内外ニュース社『世界と日本』編集長、尚美学園大学・中央大学兼任講師を経て現在、ＮＰＯ法人アジア母子福祉協会監事、公益財団法人富士社会教育センター客員研究員、政策研究フォーラム顧問、一般社団法人日本戦略研究フォーラム政策提言委員、友愛労働歴史館調査研究員などを務めている。

単著は『政策と提言　とおる政治覚書』（桜町書院）、『民社育ちで、日本が好き』（展転社）、『ミャンマー百楽旅荘（パラダイスホテル）』（三一書房）、『朝まだきのベトナム』（制作同人社）、『サンダル履き週末旅行』（竹内書店新社）、『裏方物語』（時評社）など。共著は、山口洋一・元ミャンマー大使と『アウン・サン・スー・チーはミャンマーを救えるか？』（マガジンハウス）、中島孝志氏と『日本語を書く！』（ゴマブックス、電子書籍）ほか。分担執筆書も多数ある。

# 続民社育ちで、日本が好き
## 父の厳命、母の杞憂

令和三年十月二十六日　第一刷発行

著　者　寺井　融
発行人　荒岩　宏奨
発　行　展　転　社

〒101-0051　東京都千代田区神田神保町2-46-402
ＴＥＬ　〇三（五三一四）九四七〇
ＦＡＸ　〇三（五三一四）九四八〇
振替〇〇一四〇―六―七九九九二
印刷製本　中央精版印刷



ISBN978-4-88656-531-0

# てんでんBOOKS
[価格は税込]

民社育ちで、日本が好き　寺井融
●民社党本部職員として活動して来た著者が春日一幸はじめ歴代委員長の素顔や親友北方謙三らとの交遊を描く。1507円

やがて哀しき憲法九条　加藤秀治郎
●自衛隊は軍隊なのか、集団的自衛権をめぐる政府の憲法解釈など、難しい憲法第9条の話をやさしく道案内。1650円

反日勢力との法廷闘争　髙池勝彦
●司法界は健全か、あるいは歪んでいるか？我が国を悪しざまにののしる裁判官に立ち向かう弁護士の活動記録!!　1760円

北朝鮮拉致と「特定失踪者」　荒木和博
●すべての拉致被害者を救い出せ！平成26年6月から平成27年7月までの特定失踪者問題調査会の活動の軌跡。1980円

大東亜戦争の開戦目的は植民地解放だった　安濃豊
●大日本帝国は開戦時に「政府声明」を発表し、開戦目的の一つがアジアの植民地解放であることを明確に謳っていた！1540円

国家の覚醒　西村眞悟
●世界の地殻変動を前にいま為すべきことは何か。代議士として唯一尖閣に上陸した著者がその解答を提示し実践を説く。2200円

こんなに怖い日本共産党の野望　梅澤昇平
●ソフト路線に転換したように装っているが、いまだに暴力革命路線を捨てていない日本共産党。1650円

日本文明論への視点　遠藤浩一
●一つの文明圏としての日本。自己拡大を続けていく日本文明の核心にあるものは何か。日本文明の本質を検証。1980円